MW01268713

PERPLEJIDADES DE
FIN DE SIGLO

MARIO BENEDETTI

PERPLEJIDADES DE FIN DE SIGLO

Seix Barral
Biblioteca Mario Benedetti

Maqueta de cubierta: Carolina Schavelzon/
Departamento de Arte de Espasa Calpe Argentina

© 1993: Mario Benedetti
        Compañía Editora Espasa Calpe Argentina S.A.,
        Tacuarí 328, 1071 Buenos Aires

Primera edición: octubre de 1993
Hecho el depósito que indica la ley 11.723
ISBN 950-731-077-0
Impreso en la Argentina

a luz
como siempre

NOTA

Este volumen reúne artículos y conferencias, escritos en los últimos siete años, sobre temas de política internacional, con expresa atención a la realidad latinoamericana. Es posible que el lector encuentre algunas reiteraciones de datos, debidas fundamentalmente al carácter periodístico de la mayoría de estos trabajos.

Varios de los textos aquí incluidos aparecieron originariamente en las siguientes publicaciones: *El País*, *Claves* y *El Independiente* de Madrid; *Cuatro Semanas*, de Barcelona; *Brecha*, de Montevideo; *Página 12*, de Buenos Aires; *La Jornada*, de Ciudad de México; *Barricada*, de Managua; *Punto Final*, de Santiago de Chile, y *Nuevo Texto Crítico*, de Stanford.

M.B.

Montevideo, mayo 1993.

*La política es la historia que se está
haciendo, o que se está deshaciendo.*

HENRI BORDEAUX

*A medida que nos hacemos más hombres
y estamos más de vuelta, van quedando,
para nosotros, menos cosas y hombres
respetables; pero los respetamos más.*

CARLOS VAZ FERREIRA

*Si hay mala fe, ¿por qué no va a haber
una buena duda?*

JOSE BERGAMIN

*Cada rayo que cae
cree que ha terminado con el mundo*

CESAR FERNANDEZ MORENO

VARIACIONES SOBRE EL OLVIDO

El pasado es siempre una morada. Cuando nos mudamos al presente, a veces alimentamos la ilusión de que cerrando aquella casa con tres candados (digamos el perdón, la ingratitud o el simple olvido) nos vamos a ver libres de ella para siempre. Sin embargo, no podremos evitar que una parte de nosotros quede allí, coleccionando goces o rencores, trasmutando los momificados hechos, en delirios, visiones o pesadillas. Esa parte de nosotros que allí queda nos llama cada tanto, nos hace señales, nos refresca viejas primicias, y todo ello porque es la primera en saber que no nos conviene abandonarla, hacer de cuenta que nunca existió. El olvido es, antes que nada, aquello que queremos olvidar, pero nunca ha sido factor de avance. No podremos llegar a ser vanguardia de nada ni de nadie, ni siquiera de nosotros mismos, si irresponsablemente decidimos que el pasado no existe.

Y esto vale para el individuo y para la sociedad. Los analistas bien lo saben: muchas de las carencias, pesadillas e inhibiciones del adulto suelen tener raíces en la infancia, que es, después de todo, el amanecer del pasado individual. Si cortamos los puentes con la infancia es posible que nos condenemos a una inacabable inmadurez. Es claro que la infancia no sólo está para ser contemplada, tal como si se recorriera un viejo álbum de fotografías en sepia; más importante es descubrirla, comprenderla, descifrarla, detectar dónde comenzó una esperanza, dónde fue sembrado un desaliento, provocada una animadversión. Evidentemente, no es posible llevar consigo un completo inventario del pasado; no hay maleta ni diario íntimo con capacidad suficiente. Tampoco hay ningún texto (ni siquiera el más minucioso de los anales) que registre cada jornada de la historia. Pero la memoria, o su vicario el subconsciente, van acumulando una antología de las esencias atesoradas, de las imágenes que entre otras cosas son signos de identidad, de las palabras que fueron revelaciones, de los goces y sufrimientos decisivos.

La memoria individual sólo acaba con la muerte, esa inquerida meta del futuro, casi un negativo de la *última Thule*, pero mientras tanto, mientras el tiempo nos va llevando de la mano, y a veces de los cabellos, por la vida, el futuro se va empequeñeciendo y en esa reducción nos reserva deterioros, decadencias, pérdidas varias y sucesivas, en tanto que el pasado, por el contrario, aumenta de espacio, se va convirtiendo en nuestra única riqueza inexpropiable.

El futuro es un juego de azar, una ruleta, y en esa cualidad reside por cierto buena parte de su atractivo, de su seducción, pero llegará un

instante en que sólo nos quede una postrer juga-
da y de antemano sabremos que el implacable
croupier barrerá nuestras últimas fichas. En ese
juego epilogal nadie hace trampas: siempre per-
demos. El pasado, en cambio, no es un azar,
aunque en un instante, cuando sólo era presente, pueda haberlo sido (o parecido). Ahora,
cuando es definitivamente pasado, es una certeza. Catálogo de resultados múltiples, de ganan-
cias o pérdidas, de juicios que ya no son preju-
cios, el pasado es un saldo constantemente
actualizado.

Por eso, el ser que tiene el infortunio de
sumergirse en la amnesia no puede empezar la
vida desde cero, ya que se ha quedado sin memoria pero también sin inocencia. El mero hecho
de saber que hay en él un pasado al que no tiene
acceso genera una angustia que descarta la inocencia. No es el futuro lo que inquieta al amnésico: sabe que no puede aspirar a él, ni hacer ningún cálculo para mañana, mientras no vuelva a
ser dueño de su pasado. De ahí que no le pro-
duzca ninguna mejoría, sino a veces más angustia, el que los demás, los memoriosos, le propor-
cionen datos de lo que en su pasado fue, o le
muestren fotos y le digan y le repitan: "Esta fue
tu madre; esa era tu casa", porque ni la madre ni
la casa existirán realmente para él mientras no
vuelvan a ocupar sus puestos en su memoria individual. La memoria ajena no es suplente de la
propia, sino otro territorio al que apenas podrá
acudir como turista, y menos que eso, porque el
turista, el extranjero, siempre conocen de qué
geografía y de qué historia vienen.

El amnésico y el olvidador

Hay una diferencia sustancial entre el amnésico y el *olvidador*, y entre éste y el olvidadizo, que es apenas un precandidato a olvidador. El amnésico ha sufrido una amputación (a veces traumática) del pasado; el olvidador se lo amputa voluntariamente, como esos reclutas que se seccionan un dedo para ser eximidos del servicio militar. El olvidador no olvida porque sí, sino por algo, que puede ser culpa o disculpa, pretexto o mala conciencia, pero que siempre es evasión, huida, escape de la responsabilidad.

No obstante, el olvidador nunca logra su objetivo, que es encerrar el pasado (cual si se tratara de desechos nucleares) en un espacio inviolable. El pasado siempre encuentra un modo de abrir la tapa del cofre y asomar su rostro. El amnésico hace a menudo denodados esfuerzos para recuperar su pasado, y a veces lo consigue; el olvidador hace esfuerzos, igualmente denodados, por desprenderse del mismo, pero sólo cosecha frustración, ya que nunca logra el pleno olvido. El pasado siempre alcanza a quien reniega de él (así se trate del mismísimo Macbeth), ya sea infiltrándose en signos o en gestos, en canciones o en pesadillas. Los pueblos nunca son amnésicos. Amnistía no es amnesia. La tradición es un recurso de la memoria colectiva, pero también hay otros, menos inofensivos. Tampoco los gobiernos son amnésicos, aunque a veces intentan ser olvidadores. Curiosamente, su forma de olvidar suele ser proselitista, ya que su objetivo es que los demás también olviden. Siempre es un mal sín-

14

toma cuando un gobernante intenta basar su poder en el olvido colectivo. Por lo general, es entonces cuando propone empezar desde cero, como si eso fuera posible. Lo cierto es que esa frase tiene para él un encanto particular. Hay que prohibirse mirar hacia atrás; hay que mirar siempre hacia adelante, no tener "ojos en la nuca".

Es obvio que se trata de una metáfora oficial, burocrática, pero en el subsuelo de cada metáfora siempre yace un sentido recóndito. El significado superficial es que no cultivemos el rencor ni la venganza. Bravo. El significado recóndito es que renunciemos a ser justos: que el sentido de la justicia desaparezca junto con los desaparecidos. De todo el legado de los Evangelios, sólo rescatan aquello de poner la otra mejilla, y en consecuencia preparan minuciosamente la segunda bofetada. Sin embargo, ningún pueblo logra una verdadera paz si tiene un pasado pendiente. Los olvidadores también lo saben (¿quién puede no saberlo?) pero no les importa mucho, porque en el fondo no les importa la paz.

Las palabras existen

Los pueblos siempre recuerdan, pero una forma de ayudarles (y ayudarnos) a recordar es describir cómo era el pasado cuando aún era presente. Las palabras, aunque hayan sido lavadas del rencor y la venganza, siguen siendo palabras: existen. Los desaparecidos se esfuman, pero la palabra *desaparecido* adquiere desde ahora una nueva y escalofriante acepción. Ya no corresponderá a la paloma que se vuelve ausencia en la galera del prestidigitador para luego emerger de una de sus mangas; ahora alude más bien al niño que se hizo humo ante la mirada atónita de las abuelas de la Plaza de Mayo y no hay arte de magia que lo haga renacer. La maldición de la tortura fue, existió (y en tantos lados existe aún), pero los olvidadores tratan de borrarla, procuran que la Prensa no ose decir ese nombre y que las asociaciones pro derechos humanos no sepan ya cómo destacarla en su lista mundial de abyecciones; en todo caso, los olvidadores toleran que la palabra tortura sobreviva como un digno ejemplo de *obediencia debida* o un matiz de celo excesivo. No obstante, la palabra tortura permanece, no sólo en el lenguaje cotidiano, sino también en el de las cicatrices, las mutilaciones, los muñones de vida, las franjas de muerte.

La palabra es probablemente la mayor dificultad con que se enfrentan los olvidadores profesionales, porque la vocación congénita de la palabra no es omitir, sino nombrar, así como la justicia está para juzgar y no para complicarla en el olvido. Luciano Rincón se refería, en un reciente artículo de *El País,* de Madrid, al "hecho curioso de que haber sido antifranquista se está empezando en convertir en algo de mal gusto". Algo parecido pasa en Portugal con quienes protagonizaron la *Revolución de los claveles.* Acaso tampoco falte mucho para que en las vigiladas democracias de Argentina y Uruguay el hecho de haberse opuesto a las respectivas dictaduras empiece a convertirse en antigualla o recuerdo fósil. Sin embargo, pese a todo, para la injusticia sólo hay un remedio y éste no es el olvido, sino la justicia.

El cálculo que suelen hacer los olvidadores es que ellos olvidan a plazo fijo (y con fructuosos intereses) y que en todo caso serán sus sucesores quienes deberán hacer frente al rechazo popular. Juzgar el pasado no es faena cómoda, pero al menos no es inútil como el olvido. Los olvidadores oficiales, que a menudo proclaman ser portavoces del pueblo, deberían tener cierta osadía, aunque fuese en dosis mínimas, si es que quieren asumir una cuota parte de la dignidad colectiva. El olvido es un barniz, o incluso la propuesta de una imagen espuria, pero bajo el barniz o la imagen fraudulenta, la realidad finalmente surge. Por debajo del falso Altmann aparece, en una afinada operación de *pentimento* histórico, el Klaus Barbie de la realidad, y los olvidadores de un *aquí* cualquiera no se atreven a defender *allá* al "obediente debido" que envió medio centenar de niños a la muerte. No obstante, aun esa invasión de pasado abyecto por la justicia presente incluye un detalle revelador. El falso pasaporte a nombre de Altmann le fue extendido a Klaus Barbie por la CIA, que, con pleno conocimiento de sus crímenes, no tuvo reparo alguno en reclutarlo y considerarlo como uno de los suyos. No obstante, este dato espectacular sólo figura en la gran Prensa internacional como una mera información y no parecen abundar los editorialistas que se atrevan a calificar esta democrática inmoralidad. Todos acusan (con razón) a Barbie, pero nadie se acuerda de la benemérita CIA.

El rencor y la venganza inferiorizan al rencoroso y al vengativo. Ah, pero la justa sanción de la tortura y otras violaciones de los derechos humnos dignifican a la humanidad. "La tortura no es inhumana", decía Sartre, "es simplemente un crimen innoble y crapuloso, cometido por hombres y que los demás hombres pueden y deben reprimir". La tortura no puede ser purgada torturando al torturador, debido a que la sevicia corrompe a quien la practica, aunque el ex victimario y ahora presunta víctima pudiera, en un dictamen apasionado, merecerla. Ocurre que ningún ser humano, por inhumano que sea o parezca, es merecedor de tortura.

No es el olvido lo que puede salvar a una comunidad del rencor y la venganza. Sólo el ejercicio de la justicia permite que la comunidad recupere su equilibrio. La fidelidad, la lealtad, la justicia son actitudes que adquieren valor en su conexión con el pasado. Nadie pretende ser fiel a un futuro, leal a un juramento que todavía no ha hecho.

Al prójimo ecuánime y entrañable, que también los hay, no le seduce la retórica del olvido sino las cuentas claras, esas que conservan enemistades. No ignora que tras esa mímica de generosidad, tras ese despilfarro de perdones, tras ese simulacro de justicia, el pasado de veras sigue intacto: con sus principios y sus riesgos, sus frustraciones y sus laureles, sus violetas y sus pavos reales, sus almas en pena y sus almas en gloria. Ocurre que el pasado es siempre una morada y no hay olvido capaz de demolerla.

(1987)

LA PAZ
O LA ACEPTACION DEL OTRO

"¿Existe la paz? ¿Es existencia o concepto?", interroga atribulado el poeta alicantino Juan Gil-Albert. ¿Qué responderle? Quizá sea a veces *existencia* y otras veces *concepto*; depende de qué paz y en qué época. ¡Hay tantas paces posibles! ¡Y tantas imposibles! ¿No será la paz un mero estado de ánimo? Si las contradicciones que normalmente ocurren en el fuero íntimo hacen difícil que el individuo viva en paz consigo mismo, cuánto más arduo no habrá de ser que una familia, un gremio, una comunidad, una nación, o en última instancia la humanidad, logren una paz interna.

Las contradicciones no son en principio destructivas ni inconvenientes ni perjudiciales. En el plano individual, por ejemplo, un artista suele sacar buen partido de ellas: para la poesía, pero sobre todo para la novela y el drama, la contradicción es un ingrediente poco menos que imprescindible. Por otra parte, en la pugna ideológica, es importante el acicate creativo del encadenamiento dialéctico. En el ámbito social, las contradicciones van puntuando y desarrollando la historia. En el alcance internacional, los contrastes han servido en ciertas ocasiones para revelar el verdadero rostro de imperios y colonialismos. Sin contradicciones, ya sean internas o externas, la vida y las relaciones humanas serían probablemente tediosas, y tal vez por ello hay quienes piensan que la paz es una forma del aburrimiento. Un malentendido, por supuesto, ya que la paz no es exactamente la ausencia de contradicciones, como tampoco es razonable definirla (pese a que así lo hacen los diccionarios) como "la ausencia de guerra" o "el estado de un país que no sostiene guerra con ningún otro".

No es obligatorio definir la paz por lo que *no es*; también se la puede definir por lo que efectivamente *es*. La paz es, por ejemplo, el consentimiento (y hasta la comprensión) de las contradicciones, y en consecuencia, la aceptación de la *otherness*, o la *otredad*, esa índole de lo que piensa, siente y *es* el otro. Cada ser humano es él mismo y también es *otro*; es otro, cuando se le juzga, se le aprecia o se le mide desde un punto de vista ajeno. La admisión de la cualidad o el carácter del *otro* no implica la automática aceptación de lo que ese *otro* es, piensa o siente, sino la mera admisión del derecho que tiene a ser *otro*. Es precisamente la negación de ese derecho lo que lleva al conflicto, y, en el caso de naciones, a la guerra.

Si una nación le niega a otra el derecho de darse la forma comunitaria y de gobierno que estime más adecuada a sus intereses, a su historia, a sus tradiciones, a su carácter y a sus hábitos, aquella nación comienza a deteriorar las posibilidades o el mantenimiento de la paz. Después de todo, la paz no es una abstracción sino una convención muy concreta entre individuos, entre pueblos, entre naciones, entre ideologías. Por lo común, no es una relación espontánea, como puede ser la del amor, sino un ámbito deliberadamente construido y en el que cada parte se compromete, tácita o expresamente, a no invadir el territorio, la política, la economía, la cultura o la lengua de la otra.

Si entre dos individuos hay uno que no respeta la jurisdicción espiritual o física del otro, entonces surge la agresión y, en casos extremos, el crimen; en ciertas ocasiones, la víctima de la agresión suele no tener ninguna posibilidad de reivindicación o de defensa. En nuestro mundo de hoy, no es infrecuente que una nación poderosa construya artificialmente un cúmulo de contradicciones a fin de que éstas le sirvan de pretexto para efectuar y consolidar su agresión. Por ejemplo, si una nación pequeña lleva a cabo una revolución que, mal que bien, pone término a una situación de injusticia y de represión, de inmediato aparece alguna nación poderosa que exige al pequeño país el urgente establecimiento de una pluralidad política. Sin embargo, si la nación minúscula tiene entre sus planes esa célebre pluralidad y se esmera en llevarla a cabo, entonces la gran nación urge y presiona a los partidos de oposición de aquel paisito para que, en el caso de una convocatoria a elecciones, se abstengan de participar por "falta de garantías" o cualquier otra excusa. Luego, si tales partidos se abstienen, la gran nación dará el siguiente paso: acusará a su modesta vecina de falta de pluralismo. Y a continuación se sentirá autorizada a bombardear

21

sus puertos, a bloquear su economía, a financiar y armar a contingentes opositores.

En tales casos, la negación de la paz es un círculo vicioso: a la nación imperial nunca le basta el logro de las metas que sucesivamente enuncia, y no le basta porque para ella son falsas metas, ya que en realidad su único, verdadero objetivo es la guerra. Se sabe inconmensurablemente más poderosa que la nación pequeña y en consecuencia la guerra es su única carta segura. En el enfrentamiento de razones, en la negociación política o diplomática puede perder (aunque la paz se salve), pero en la colisión bélica está segura de ganar, aunque la paz se pierda. Y también en este caso, la nación agredida suele no tener ninguna posibilidad de reivindicación o de defensa. Un solo ejemplo: cuando Estados Unidos mina los puertos nicaragüenses y bombardea el puerto de Corinto, el gobierno de Nicaragua se presenta ante el Tribunal Internacional de La Haya, acusando a su agresor y reclamando la correspondiente indemnización; dicho Tribunal falla a favor de esa reclamación y condena a los Estados Unidos al pago de la compensación exigida. No obstante, el gobierno de los Estados Unidos rechaza tajantemente ese fallo de vigencia internacional.

Ahora que Jacques Derrida ha puesto de moda la palabra *différance*, apelando, además de otras caracterizaciones, al recurso de escribirla (por supuesto, en francés) como tradicionalmente se pronuncia; nosotros, en español, ya que no tenemos esas elásticas posibilidades en la palabra *diferencia*, tal vez podamos recurrir a su significado clásico para explicarnos este acertijo de la paz. Porque ¿qué es la paz (ya sea entre individuos o entre naciones) sino la aceptación del *diferente*, del o de los que no son como yo, como nosotros? La diferencia hunde sus raíces en la historia, en la cultura, en la lengua. Por cierto que cada lengua es en sí misma una diferencia, pero dentro de una misma lengua existen matices regionales o nacionales, pronunciaciones o cadencias claramente dispares. ¿No serán acaso los dialectos, después de todo, una voluntad de diferenciación con respecto a la lengua madre? Hay países en los que la autonomía política o la distinción federativa tienen origen fundamentalmente en los matices de la lengua. Es probable que la diferenciación lingüística sea el primer examen que debe aprobar la paz.

Si un extranjero llega a nuestro país, y no hablamos su idioma ni él habla el nuestro, se establece un muro, éste sí espontáneo, entre él y nosotros. La paz corre ahí su primer riesgo, ya que la no-comprensión establece el primer distanciamiento. No hay *Verfremdungseffekt* más primitivo, más elemental, que la distancia que media entre dos lenguas. En la Antigüedad, la condición de extranjero o de extraño se apoyaba en el distinto color de la piel pero también en el uso de otra lengua, y frecuentemente era la mera proximidad colectiva del extranjero la que generaba las guerras, sin que mediara una provocación factual.

Paz no es sinónimo de amor. La manera más práctica de comprender esta definición negativa y pueril es sencillamente invertir los términos. No bien expresemos que amor no es sinónimo de paz, de inmediato comprenderemos que, al derecho o al revés, la antinomia es legítima. Paz es tal vez la posibilidad de que el amor y el odio coexistan, intercambien pasiones, se estimulen recíprocamente. "En la paz tengo enemigos", escribió Fernando Savater, "pero decido conservarlos en lugar de destruirlos; quiero saber qué puedo hacer con ellos que no sea matarlos".

En cierto modo la paz puede ser el resultado de un sistema. Si el concepto de *sistema* es definido como "un acto mental mediante el cual se selecciona, de entre un número infinito de relaciones entre cosas, un conjunto de elementos cuyas relaciones indican cierta coherencia y unidad de propósito, y que permiten la interpretación de hechos que de otra manera parecerían una sucesión de actos arbitrarios", y si se analizan los períodos de paz más extensos y estables de la historia, quizá ese análisis revele el conjunto de elementos (comunes a todos y cada uno de esos lapsos de paz) cuyas relaciones indican una coherencia y unidad de propósitos que no son una retahíla de actos arbitrarios sino un proceso desde o hacia la paz. Para llegar a la guerra es posible que exista un número infinito de relaciones entre gobiernos o naciones o pueblos; en cambio, para llegar a la paz, que es una meta por cierto más ardua, las posibilidades de relaciones no son infinitas y normalmente se inscriben en un sistema que, por ser tal, debe asumir su propia coherencia y su unidad de propósitos.

Es claro que el sistema puede ser abierto. El pacifismo, por ejemplo, es un sistema abierto cuyo objetivo es llegar a la paz. Pero no es el único. Por otra parte, tal como acontece en el plano científico, el pacifismo, como buen sistema abierto, importa más energía que la que exporta, y además, no importa únicamente energía sino también información. Esta última es probablemente la más palpable utilidad del pacifismo: la información que obtiene. Y esa información es sencillamente pavorosa: actualmente (los datos que siguen son de 1984, de modo que hoy las cifras serían más escalofriantes) se gastan anualmente en armas 800.000 millones de dólares, en tanto que tres cuartas partes de la población mundial viven, o apenas sobreviven, en la miseria, y 40.000 niños mueren diaria y ominosamente de hambre en el Tercer Mundo. Hace nada menos que veinticuatro siglos que Herodoto formuló una impecable definición acerca de la guerra y la paz: "Nadie es tan insensato que elija por su propia voluntad la guerra mejor que la paz, ya que en la paz los hijos entierran a sus padres, y en la guerra los padres entierran a sus hijos". Por supuesto, en la época de Herodoto todavía no existían los poderosos fabricantes de armamentos, esos insensatos que hoy eligen la guerra mejor que la paz. Y otra puesta al día de la sabia acotación del historiador de Halicarnaso: en pleno 1986, en Etiopía o en el Nordeste brasileño, los padres entierran a sus hijos, porque allí el hambre también es una guerra.

Por supuesto, cada paz tiene su precio. Y éste no será excesivo pero sólo cuando suponga la base de su consolidación. No obstante, ¿estamos todos de acuerdo en el significado de la palabra paz? ¿Cuál es la paz que quiere el autoritarismo? Evidentemente, es la paz de la mansedumbre, de la docilidad, de la injusticia social congelada para siempre. Nuestra acepción de la paz, en cambio, pasa por la equitativa distribución de la riqueza, el trabajo creador, el franco ejercicio de la libertad, la asunción de la soberanía nacional, la plenitud cultural del hombre.

La única manera de conformar las legítimas rebeldías de un pueblo, es reconocerlo como libre, tratarlo con justicia, darle (o restituirle) lo que es suyo. Por eso la paz de los pueblos está en guerra con la paz que proponen los autoritarismos. ¿Cómo prentenden alcanzar la paz quienes no están dispuestos a ceder ni uno solo de sus privilegios, a renunciar a una sola de sus ventajas, a considerar al pobre, al desvalido, como su igual en el derecho a disfrutar los bienes, y a soportar los males de cada patria? Estamos tan confusos que, a esta altura, estados legítimos son la preguerra, la guerra y la posguerra; la paz es apenas un estado bastardo. Las desigualdades suelen provocar la guerra, pero, curiosamente, la paz no es una región llana, sin alcores. La guerra acelera la muerte; la paz ensancha la vida. Y sin embargo, mientras los héroes de la guerra son glorificados, los de la paz (un Ghandi, un Luther King, un Salvador Allende, un Olof Palme) son violentamente eliminados.

Destrucción Mutua Asegurada (MAD): éste es el curioso nombre que los más fanáticos belicistas de hoy le dan a la paz. Para ellos la paz es un equilibrio de terror, una nivelación del pánico. A las todopoderosas industrias de la guerra, ese concepto de paz les viene de perilla, ya que la aterradora estabilidad sólo se logra si en ambos bandos rebosan los tanques, los bombarderós, los misiles, los submarinos atómicos, las bombas de fisión. Proponer que la única paz verosímil repose en una equilibrada posibilidad de destrucción, es algo tan absurdo, tan descabellado, que uno no tiene más remedio que volver a Tácito, que en su *Vida de agrícola* escribía: "Hacen un desierto y llámanlo la paz". En semejante desierto, nuestra desvalida región de paz es todavía una zona reducida, pero es desde ya un oasis. De nosotros, habitantes de la Tierra, depende que el oasis irrumpa en el desierto. Si la paz que proponen los pueblos está en guerra con la paz que proponen los opresores de los pueblos, nuestra obligación con la paz es ganar esa guerra.

(1986)

LOS PROPIETARIOS DE LA LIBERTAD

Las palabras cumplen ciclos; las actitudes también. Sin embargo, cuando las palabras designan actitudes, los ciclos se vuelven más complejos. Cuando el hoy tan denostado Sartre puso la palabra *compromiso* sobre el tapete y hasta Archibald Mac Leish publicó un libro sobre *La responsabilidad de los intelectuales,* estas dos palabras, *compromiso* y *responsabilidad,* designaban actitudes que, sin ser gemelas, eran bastante afines. Salvo contadas excepciones, los intelectuales de entonces las hicieron suyas, y, equivocados o no, dijeron sin eufemismos a qué bando (así fuera en líneas generales) pertenecían, por qué empeño se jugaban.

Antes, Emile Zola se había aventurado a defender a Alfred Dreyfus y nadie pensó que con ello se deterioraba su libertad individual ni su creación artística. Sí se deterioró, gracias a su lúcido y valiente empeño, la corrupta justicia que había condenado al presunto traidor. Los artistas y escritores comprometidos, en mayor o menor grado, ya fuera en vida y obra o sólo en vida, durante la primera mitad del siglo XX o aun en los años sesenta, no eran simples portadores de pancartas o voceros de consignas. Eran nada menos que Bertolt Brecht, Charles Chaplin, Pablo Picasso, Antonio Machado, César Vallejo, Rafael Alberti, Richard Wright, Cesare Pavese, Miguel Hernández, Paul Eluard, Elio Vittorini, Orson Welles, Alberto Moravia, Pablo Neruda, Jean Paul Sartre, Peter Weiss y tantos otros.

¿Por qué aquellos *comprometidos* tenían entonces tan buena prensa y los de hoy la tienen tan mala? El peligro sin máscaras era el fascismo, y aunque éste también tenía sus intelectuales adictos (el más célebre, Ezra Pound, hoy tan venerado), la mayor parte de los novelistas, poetas, dramaturgos, pintores, etcétera, eran conscientes de que ése y no otro era el enemigo común. Hoy, buena parte de los asistentes al reciente Congreso de Valencia se las arreglaron para descalificar al Congreso de 1937, ese mismo que en apariencia conmemoraban, pero la verdad es que aquellos intelectuales de hace medio siglo no se detuvieron en filigranas ni en preciosismos a la hora de nombrar, caracterizar y denunciar al entonces más notorio enemigo de la humanidad.

Una cosa es cierta, sin embargo: aunque las democracias europeas no se decidieron a traspasar los Pirineos y del otro lado del Atlántico llegó la meritoria Brigada Lincoln (desnorteados de buena fe, según la actual Administración norteamericana), los Estados Unidos de entonces, mejor informados que los de hoy, también sabían que *su* enemigo era el fascismo y que la amenaza de una segunda guerra mundial estaba cada vez más cercana. Todos aquellos decididos intelectuales fueron, cuando por fin llegó la anunciada conflagración, aliados de los Aliados. En un momento en que hasta Hollywood iniciaba su breve pero sustancioso idilio con los soviéticos, y a los sones del *Concierto para piano y orquesta*, de Chaikovski, el ágil Robert Taylor (pocos años antes de denunciar a sus compañeros ante el tribunal MacCarthy) no perdía su elegante sombrerito de siempre en medio del fragor del frente ruso, los intelectuales antifascistas no molestaban al Departamento de Estado, por más que en el fondo, como siempre, desconfiaran de ellos. De ahí la buena prensa, pero también la reticencia en los elogios.

Tampoco molestaba demasiado a Washington el hoy satanizado estalinismo, ya que, después de todo, eran tropas de Stalin las que iban a aguantar el peso del ejército nazi en Leningrado. ¿Serían acaso los procedimientos de Stalin, en esa etapa de la historia del siglo XX, sana y dulcemente democráticos? ¿O simplemente ocurriría que al pragmatismo de los Estados Unidos no le venía mal mantenerse, por un buen lapso, al margen de la lid, en tanto que la Maginot mostraba su inutilidad y los británicos y soviéticos ponían los muertos?

La guerra pasó, sin que ningún centímetro de territorio norteamericano sufriera bombardeos. Tras superar largamente los hornos crematorios de Hitler con las ciudades hornos de Hiroshima y Nagasaki, los Estados Unidos elaboraron planes de muy distinto signo (Marshall para Europa; Camelot para América Latina) y, para su organizado asombro, aquellos prestigiosos intelectuales siguieron siendo, aun después de derrotado el fascismo, más antifascistas que proyanquis. El Tercer Mundo, y en particular América Latina, empezó sentir la presión cada vez más insoportable y antidemocrática de la Gran Democracia del Norte. Salvo contadas y célebres excepciones, los intelectuales latinoamericanos, siguiendo el ejemplo de sus colegas europeos de decenios atrás, también comprendieron dónde estaba esta vez el enemigo, sobre todo después de que las chapuceras pero cruentas variantes de fascismo criollo mejoraron ostensiblemente su letal eficacia gracias al apoyo económico, militar y político del Pentágono, la Casa Blanca y la Agencia Central de Inteligencia.

Tímida o tajantemente, los intelectuales de América Latina empezaron a pronunciarse contra esos procedentes. No fueron los primeros, claro. Desde el pasado llegaban las voces de Martí, Rodó, Mariátegui, Darío, Alfonso Reyes, Henríquez Ureña, Aníbal Ponce. Pero ahora los esfuerzos no estaban aislados, surgían en medio de una solidaridad continental. Sólo entonces empezó la mala prensa para los intelectuales antifascistas. De norte a sur, los grandes pontífices de la propaganda norteamericana subrayaron una y otra vez la palabra *libertad* y denostaron el *compromiso*. Se crearon ámbitos y tribunas (*Congreso por la Libertad de la Cultura*, revista *Libre*, etc.) donde la *libertad* y sus derivados atraían desde el título, como seducción para intelectuales más o menos propensos. La palabra *libertad* se puso tan de moda que en Uruguay fue el nombre de un presidio. La *novedad* fue otra variante seductora: la revista *Mundo Nuevo* (después de muchos juramentos que negaban que la publicación era financiada por la CIA, una asamblea del Congreso por la Libertad de la Cultura, celebrada en París, reconoció públicamente que ese apoyo financiero llegaba a la revista a través de la Fundación Ford y del propio Congreso) o los expeditivos *nuevos filósofos* franceses. Los técnicos en penetración cultural no tuvieron más remedio que dedicarse a explicar los cambios que había sufrido la palabra *libertad*. Verbigracia: *libertad* no era librarse de Batista o de Somoza, reiteradamente condecorados, armados y sostenidos por Washington, sino mantener la prensa *libre*, que sabe elogiar sin tregua a los invasores económicos y/o militares. *Libertad* es, por supuesto, el golpeante recuerdo de Afganistán, pero es sobre todo el compacto olvido de la base de Guantánamo (casi 90 años de ocupación norteamericana) o de las invasiones de Bahía de Cochinos, de la República Dominicana y de Granada. *Libertad* es la emocionada comprobación de que la gran prensa norteamericana es capaz de descubrir que Lumumba o Allende fueron liquidados por la CIA, sin poner el acento en que esa lúcida y veraz autocrítica no sirve para resucitar a ninguno de ambos.

¿Y compromiso? Pues *compromiso* es la actitud que adoptan ciertos intelectuales que, directa o indirectamente (cuanto más indirectamente, mejor), son "influidos por Moscú". En esos casos siempre conviene destacar que la carga ideológica de sus actitudes y pronunciamientos perjudica notoriamente su literatura y su arte. Puede un poeta escribir de amor y de Dios, de metafísica y

de magia, pero si una sola vez estampó su firma bajo una declaración que, por ejemplo, condenaba la clamorosa invasión de Granada, la descalificación (en la crítica "orientada" y en buena parte de los *mass media*) no sólo tendrá en cuenta esa firma sino que también abarcará su amor, su Dios, su metafísica y su magia, y en particular servirá como pretexto para descalificarlo como poeta. Después de todo, ¿cómo se atreve a frecuentar sueños y cielo y cualesquiera otras provincias del espíritu, si es público y notorio que tales ámbitos más o menos mágicos son patrimonio exclusivo de los *propietarios de la libertad*? No olvidemos que, como dice con sorna un personaje de Peter Weiss, "el espíritu se mantiene inseparablemente del lado de las finanzas".

Elogiar, o simplemente no mencionar (ver Valencia, 1987) a los Estados Unidos, eso no es degradante *compromiso*, sino claro ejercicio de la *libertad* y la *independencia* del intelectual. Tal vez la palabra *imperialismo* debería ser borrada del diccionario. Ciertos conspicuos intelectuales no son capaces de pronunciarla ni bajo amenaza de tortura.

De todas maneras, constituye un espectáculo crudamente didascálico (al menos si nos atenemos a las versiones periodísticas) el representado por afamados adalides del *no-compromiso*, comprometidos hasta las amígdalas. ¿Comprometidos con quién? En Valencia 1987, ni siquiera Jorge Edwards (autor de *Persona non grata*) logró que se firmara una declaración colectiva contra el gobierno de Pinochet.

Es bueno que los autores *comprometidos*

33

vayan sabiendo qué futuro les espera. A tal extremo ayuda la semántica a la descalificación, que sus obras, sean subversivas o fantasiosas, ya no serán enviadas a la tradicional hoguera; más bien serán arrimadas cautelosamente a la Estatua de la Libertad a fin de que ardan en su inapagable antorcha.

(1987)

EL LLANTO DE JIMMY SWAGGART

El sábado 19, a las 11 horas, el canal 4 transmitió por fin el tan esperado *programa especial* con el macro arrepentimiento del telepredicador Jimmy Swaggart. Como ya es *vox populi* y en consecuencia *vox dei*, la *peccata minuta* del reverendo fue perpetrada en un motel de New Orleans con la eficaz colaboración de una hetaira local. La prueba de la infamia la llevó en la maleta otro ex predicador, Marvin Gorman, a quien en 1987 Jimmy había puesto en la picota por adúltero, de modo que hoy son doblemente colegas.

Detective privado mediante, Gorman logró registrar en fotos al hombre público y la mujer ídem en el instante en que abandonaban el motel. Es de suponer que Marvin tenía un poco olvidadas sus lecturas piadosas, ya que en la Biblia (ver *Deuteronomio* 32:35; *Romanos* 12:19; *Hebreos* 10:30) se especifica que "la venganza es una prerrogativa de Dios que estorban los que ilícitamente tratan de vengarse por sí mismos". Sea como fuere, lo cierto es que Jimmy comprobó, más estupefacto que contrito, cómo Marvin convertía en pesadilla su razonable sueño de la Magdalena propia.

De cualquier manera, el gran *show* de Baton Rouge se convirtió involuntariamente en una apoteosis del crítico amancebamiento de New Orleans. Jamás un adúltero confeso ha sido aplaudido, vitoreado, besado y abrazado con tanta fruición por miles de personas. A veces los ojos llorosos y solidarios parecían trasmitirle al pecador: "Feliz de ti, hermano, que lo hiciste".

Es sabido que en la antigüedad las lágrimas (verbigracia, de los dolientes) eran guardadas en pequeñas urnas o lacrimatorios de vidrio o de loza. Si esa tradición se mantuviera hoy, y habida cuenta las que fueron vertidas en esta expiación (nunca más apropiado el término, ya que se trata de un *ex-pío*) habría que guardarlas en botellones o barriles. Este Jeremías del siglo XX lloró, a veces como un sauce y otras como un cocodrilo, pero siempre de manera copiosa, torrencial. Pero también los miles de concurrentes aportaron un llanto casi coral y la cámara enfocó con delectación los empapados rostros del hijo y de la esposa, y no falta quien conjeture que el primero lloraba de tonto y la segunda de bronca. A ambos pidió puntual y húmedo perdón el pecador, y también a su "adorable y preciosa nuera" (ojo, morocha, que los sátiros penitentes son los peores), a sus "asociados" (agrupados y compungidos, tal vez lloraban el lucro cesante), a los integrantes del coro y a los cientos de millones de telespectadores. Y por supuesto también al Señor, el Cual, si verdaderamente Dios es Dios, a esa altura debería estar en plena náusea celestial.

Como ya es público y notorio, Swaggart y Gorman no son los primeros reverendos de sexo explícito. Hace dos años, el famoso Jim Bakker (también acusado por Jimmy) sucumbió a los encantos de su secretaria Jessica Hahn. Y antes aún, Billy James Hargis vio frenada su exitosa carrera de telepredicador en razón de sus lances eróticos. Verdaderamente estos reverendos han resultado reverendos piratas.

La sorprendente contradicción es que tales savonarolas místico-financieros, que en todas partes denunciaban la diabólica infiltración del marxismo, pasaron a convertirse ellos mismos en "libidinosos satanases", a su vez infiltrados en su propio rebaño de almas puras.

Después de todo ¿qué importancia tiene un miniadulterio de motel? Sólo una comunidad de cuño puritano, punitivo e hipócrita, puede llegar a estos desbordes. No obstante, la prédica implacable, truculenta y profundamente reaccionaria de Swaggart y sus pares, tuvo finalmente un efecto de boomerang. Sus pecadillos se convirtieron en gigantescos, sólo porque ellos habían previamente convertido al sexo en una presencia monstruosa.

Hace dos años Swaggart, al denunciar las relaciones extraconyugales de su colega Jim Bakker, calificó a éste, en delicada metáfora, de "cáncer que debe ser extirpado del cuerpo de Cristo". Ahora se ha convertido él mismo en tumor extirpable. Tras su penitencia multitudinaria en Baton Rouge, predicador sin púlpito y con los ojos otra vez rencorosamente secos, tal vez amenice su vacación forzosa leyendo crónicas sobre las brujas de Salem, quienes por cierto lo pasaron peor. Siempre será para Jimmy un consuelo comparativo saber que puede reponerse de una etapa transgresora, en el alivio de la indulgencia, en la bonanza de su mansión despampanante y —*last but not least*— en la terrestre certidumbre que otorga una renta anual de 130 millones de dólares.

Ahora sólo falta que alguien nos dé noticias fidedignas acerca de la injustamente ignorada ramerita de New Orleans. Francamente, me cae bien la chiquilina. Alguna vez habrá que hacerle un homenaje, ya que es a su innombrable faena que hoy debemos, así sea indirectamente, la caída de las máscaras (y tal vez el principio del desmantelamiento) de una de las estafas seudo religiosas más sonadas de este siglo. Y no es inverosímil que, dentro de poco, haya que ampliar la picota a fin de dar cabida a otros neo-reverendos de prédica sabihonda y práctica cachonda.

(1988)

LA NAUSEA PANAMEÑA

Señalar que las agresiones de Estados Unidos contra América Latina suman varias decenas, no constituye por cierto una revelación. Quizá algún lector veterano recuerde que en 1962 el entonces Secretario de Estado, Dean Rusk, presentó a la sesión conjunta del Comité Senatorial de Relaciones Exteriores y Fuerzas Armadas, una pormenorizada lista de las intervenciones norteamericanas en el extranjero. En esa relación se detallan las 169 intervenciones efectuadas por los Estados Unidos entre 1798 y 1945. O sea un número considerablemente mayor que las llevadas a cabo, a través de los siglos, por Gengis Kan, Alejandro Magno, Julio César, Hernán Cortés, Francisco Pizarro, Napoleón, Hitler, Mussolini y Stalin, todos juntos.

De esas 169, casi la mitad corresponden a países latinoamericanos. Hoy debería ser completada con una suculenta *addenda:* las intervenciones en Cuba (Playa Girón), Santo Domingo y Granada. No obstante, ninguna de esas agresiones fue tan descarada como el reciente asalto a Panamá, un desenfreno que tiene asegurado su sitio en el Guinness como la acción militar más repugnante de este siglo XX que se extingue.

Para mayor escarnio, el presidente Bush se muestra "un poco preocupado por la reacción de América Latina ante su decisión de intervenir en Panamá" y anuncia que el vicepresidente Dan Quayle visitará la región "para asegurar que Estados Unidos *no planea un uso indiscriminado de la fuerza* en su política exterior". Con esas palabras, en un alarde de hipocresía más bien silvestre, el sucesor de Reagan nos está trasmitiendo un mensaje: lo que Estados Unidos está planeando (como siempre lo ha hecho) es el *uso discriminado* de esa fuerza.

Por otra parte, cuando el Departamento de Estado advierte que la operación Causa Justa (!) sirve para mostrarle al mundo hasta qué extremos puede llegar Estados Unidos en su lucha contra el narcotráfico, cabe hacer algunas preguntas (que, por supuesto, nadie contestará) derivadas de semejante afirmación: ¿significa acaso ese comentario que Estados Unidos se arroga el derecho de intervenir con sus tropas en cualquier país en el que residan, definitiva o temporalmente, uno o varios narcotraficantes de pro? Concretemos: ¿podrá haber en el futuro nuevas operaciones Causa Justa, pero entonces contra Colombia, Bolivia, Ecuador, Perú, Brasil, México, etc.? Concretemos más aún: ¿serán invadidas naciones como España, Italia, Holanda, de notoria presencia en el tráfico de drogas? Por último, ¿Estados Unidos se invadirá a sí mismo? Porque lo cierto es que el desarrollo masivo del narcotráfico, con la consiguiente demanda de las más diversas capas sociales, comenzó a partir de las verificables y autorizadas dosis de estupefacientes que el Pentágono distribuyó entre sus bravos durante la guerra del Vietnam, a fin de infundirles suficiente coraje como para llevar adelante una guerra injusta (¿sinónimo tal vez de Causa Justa?) en cuya motivación nadie en su sano juicio podía creer. Fueron precisamente los veteranos de Vietnam, cuando volvieron derrotados y convertidos en drogadictos, quienes extendieron profusamente el hábito en su país, y, como consecuencia de la vocación paradigmática del mismo, también en todo el mundo libre, occidental y cristiano.

La náusea que provoca toda la operación istmeña empieza con el juramento, en zona norteamericana y ante autoridades militares yanquis, del fantoche Guillermo Endara como presidente panameño. Quizá este hombre de paja ignore un antecedente. El primer presidente de Cuba, Tomás Estrada Palma, atornillado también por los norteamericanos en el sillón presidencial, tenía un monumento en La Habana, del que hoy sólo quedan "un par de zapatos de bronce en lo alto de un gran pedestal". Cuando triunfó la revolución, "el pueblo en furia volteó su estatua y eso es lo único que quedó" (ver: Eduardo Galeano, *El libro de los abrazos,* pág. 113). ¿Tendrá el gordo Endara algún día su monumento? Por lo pronto, sería bueno que fuera eligiendo los zapatos de bronce.

"Endara is a sonofabitch, but he's ours", podría decir Bush parafraseando a Roosevelt en su famoso diagnóstico sobre Somoza. Hace pocos días se ha revelado que, al parecer, Endara, al igual que sus dos vicepresidentes, están asimismo vinculados al narcotráfico. Por suerte, Bush no tendrá que ordenar otra invasión a fin de secuestrar a Endara, porque en realidad sus 25 mil soldados no se han ido, ni tienen aún fecha para irse. Así lo ha dicho el mismísimo Bush.

Reconozcamos sin embargo que los yanquis no son los únicos responsables de la náusea. El propio Noriega, figura central de este atolladero, no es precisamente un paradigma. Personaje turbio si los hay, hombre entrenado en los laberintos de la CIA, típico "servitore de due padroni", formado bajo la sombra de Omar Torrijos (éste sí un líder auténtico, osado, creativo y antimperialista), bocazas incorregible, con discurso de héroe y claudicaciones de pusilánime, un día anuncia que resistirá hasta la muerte y al siguiente se entrega sin nobleza. (Es imposible no recordar aquí la dignidad de Salvador Allende.)

¿Y el Vaticano? ¡Vaya con el Wojtyla! La entrega ignominiosa de Noriega a los militares norteamericanos demuestra que para la Santa Sede su concepto actual del derecho de asilo resulta en definitiva bastante más precario que el de Pinochet (quien, después de todo, respetó en su momento a los refugiados en las distintas embajadas). Noriega estaba requerido, ya lo sabemos, por los tribunales norteamericanos. Pero también el tristemente célebre monseñor Marzinkus fue requerido por la justicia italiana y sin embargo el Papa no soltó a esa pieza relevante, fundamental para la debida investigación del escándalo del Banco Ambrosiano. Dominus vobiscum. Et cum espiritu tuo.

De todas maneras, Karol Josef Wojtyla podía haberle enviado a Bush una cita bíblica, verbigracia esta de *Exodo* (22.6): "El que incendia el fuego, pagará lo quemado". ¿Pagará lo quemado? Por lo pronto, se estima que la invasión le costó a Panamá la friolera de 600 millones de dólares. O sea que, para apresar a un solo y presunto narcotraficante, Estados Unidos provocó 2.000 muertes de civiles y convirtió en escombros a varios barrios de la Capital. ¿Sólo por ser narcotraficante? ¿O porque militó hace tiempo en la CIA y luego desertó? ¿No serán el canal y los plazos perentorios fijados por el convenio Carter-Torrijos, los temas que subyacen como motivos reales de una agresión tan desfachatada?

Después de todo, ¿llegará Noriega a ser juzgado? En los comentarios periodísticos de todo el mundo planean los fantasmas de Kennedy, Oswald, Ruby y otros enigmas del montón y probablemente más de uno debe estar aceptando apuestas acerca de cuándo y de dónde vendrá la bala silenciosa y letal. En ese rubro los yanquis son expertos. Ignoro si existirá en el mundo otra colectividad que haya asesinado a cuatro presidentes. Ellos sí lo han hecho: no parecen dispuestos a que se les escape ningún *record*.

No puede negarse que la ferocidad anti-Noriega del presidente Bush huele más a venganza que a justicia. Dos mil muertos como precio del secuestro de un presunto narcotraficante, no son moco de pavo. Como escribió hace pocos días Manuel Vázquez Montalbán en *El País*, de Madrid: "Cuando existía la historia a esto se le llamaba imperialismo, ahora tal vez se trate de un simple ajuste de cuentas entre gangsters".

Dicen los cables que en las calles de Panamá se festejó con ruidosa alegría el secuestro de Noriega. (En ocasión de otra de esas habituales invasiones —la de Granada— cables de las mismas agencias norteamericanas informaron que las putas de Saint George's estaban encantadas con los *marines.)* Pero en los noticieros de la televisión daba más lástima que asco ver saltar a los oportunistas de siempre, con las mismas flamantes camisetas yanquis y banderas norteamericanas de reciente modelito, todo bien condimentado con los obvios aplausos y los vivas al mejor postor. Nadie nos podrá convencer de que ése es el verdadero pueblo del Istmo. Nadie nos podrá convencer de que la porción más digna de esa sociedad esté con ánimo de homenajear a quienes asesinaron a miles de sus compatriotas. Y como no dudo que los genuinos panameños habrán sido los primeros en sentir esa náusea colectiva, nuestro primer signo de solidaridad es sentirla con ellos. La *náusea panameña* se ha convertido en *náusea latinoamericana.*

Al igual que cuando Reagan ordenó la invasión de Granada, desde el comienzo Bush dejó constancia de que uno de los objetivos de la acción armada era proteger las vidas de los norteamericanos residentes en Panamá. El problema es que, de puro bondadoso y para proteger a los suyos, mató a dos mil panameños y destruyó sus ciudades. ¿Qué habría pasado si la Guardia Panameña, para proteger a sus compatriotas residentes en Estados Unidos, hubiera matado a dos

44

mil norteamericanos? (A veces, se comprende mejor un problema con el mero procedimiento de llevarlo al absurdo.) Tal vez una medida sensata, a adoptar por los países de América Latina, sería la expulsión preventiva de todos los ciudadanos norteamericanos, residentes en su suelo, y no permitir el ingreso de ningún otro. De esa manera no se correría el riesgo de que, al menor atisbo de crisis, los *marines* acudieran a rescatarlos.

Vale la pena mencionar otros aportes a la perfección de la náusea panameña. La benemérita OEA, por cierto más respondona hoy que hace un decenio, y la Asamblea General de la ONU; la primera con un solo voto en contra (Estados Unidos, claro) y la segunda por amplia mayoría, deploraron la invasión e instaron al inmediato retiro de las tropas norteamericanas. El Departamento de Estado se pasó ambas resoluciones por el Canal. Sencillamente, ridiculizó a esos organismos internacionales y dejó bien sentado que le importan un bledo. ¿Habría ocurrido lo mismo si sus grandes socios capitalistas hubieran acompañado el voto crítico? Dada la actual soberbia de Washington, no es imposible que la actitud hubiese sido la misma, pero el precio político, en dimensión internacional, habría sido mucho mayor.

¿Qué ocurre? ¿Será que al Japón o a la CE ya no les importan la moral internacional, ni los convenios y tratados, ni los derechos humanos? Sólo España reaccionó con algún decoro, pero tuvieron que matarle a un periodista para que se conmoviera. ¿Será que el prescindente y despectivo posmodernismo ha invadido la diplomacia y entonces todo da lo mismo? ¿Todo será Mierda, como proclama el santo y seña de los nuevos arúspices?

Por muy anticuado y obsoleto que esto suene, no pido excusas para corroborar mi fe en el hombre y mi confianza en que podamos restablecernos de esta grave *náusea panameña* y volvamos de nuevo a respirar. Habrá que bregar para que (retomando el sesgo irónico de Vázquez Montalbán) *vuelva a existir la historia* y no nos avergüence llamar a los pueblos por su solidaridad y al imperialismo por su nombre.

(1990)

LA PROFUNDA FRIVOLIDAD

La frivolidad, proverbial atributo del ser humano, ayuda a veces a oxigenar la vida, a ejercitar la vocación lúdica que cada uno debe y puede descubrir en sí mismo. La frivolidad es por lo general una provincia de la alegría, pero no viceversa. Frivolidad es juego, y en consecuencia el humor, el disimulo, la máscara (el carnaval es en sí mismo un exultante dechado de frivolidad), suelen figurar entre sus ingredientes esenciales. Ocurre sin embargo que, en el agitado capítulo finisecular que a todos nos atañe, la frivolidad se ha salido de cauce, infiltrándose en capas más profundas de la conducta humana. Y eso ya no es juego sino temeridad, ya que puede significar la instalación del engaño, de la hipocresía, y hasta de una superficialidad casi criminal, en zonas que son vitales para el desarrollo y la sazón de las relaciones humanas.

Digamos que el carnaval encaja muy bien en los atávicos tres días de carne previos al Miércoles de Cenizas, pero no cuando se convierte en metáfora y estilo de la política mayor, donde la gran kermese, el torneo de promesas, la verbena populista, sirven, entre otras cosas, para encubrir los vertebrales designios de un candidato o de un partido. Y aun entre quienes se niegan a secundar la tramoya, también suele despuntar una frivolidad esencial. En Estados Unidos, generalmente invocado como paradigma de la democracia, más de la mitad de los ciudadanos habilitados para votar no encuentran en sí mismos suficiente motivación como para comprometerse en las urnas. Se presume que si el *Partido de la Abstención* es, con mucho, el mayoritario de los Estados Unidos, ello se debe a que esos *militantes de la ausencia* no comparten la política del gobierno (republicano o demócrata, qué más da). ¿No resulta monstruosamente trivial semejante menosprecio de la ocasión democrática? ¿Cómo es posible que tantos millones de inconformes no sean capaces de crear nuevas opciones?

En cierto modo resulta esclarecedor que el campeón de la frivolidad ideológica de este fin de siglo sea un alto funcionario del Departamento de Estado. El pomposo anuncio de Francis Fukuyama sobre el definitivo triunfo de la democracia liberal, resulta de una banalidad poco menos que insultante. Desde su rinconcito de poder, Fukuyama no puede ignorar que, pese a que su querido imperialismo se halle cómodamente instalado en "su" particular democracia, cada vez que ese poder hegemónico asegura (mediante invasiones, bloqueos, amenazas, atentados, bombardeos y otras aplicaciones de la doctrina Monroe y la Ley de la Selva) su incesante expansión, el ejercicio democrático no constituye ningún mérito para los comendadores del abuso, y si no que lo testimonien (vía satélite, desde el Más Allá) Lumumba, Allende, Letelier, Maurice Bishop y otros cándidos satanases.

Por otra parte, ¿no es acaso un inquietante síntoma de honda frivolidad el sostener que hemos llegado a la cresta de la ola democrática, cuando la actual dimensión de ese sistema incluye aún tanta injusticia y tanta explotación? Es innegable que la democracia es, en teoría, el mejor de los modelos políticos hasta ahora patentados, pero no es menos cierto que aún falta mucho para que alcance el nivel de inamovible primor que le atribuye Fukuyama. En estos días, la trágica frivolidad de los *carapintadas* argentinos, nacida y renacida en plena democracia, desmintió una vez más el espurio optimismo de Fukuyama.

No hace mucho, Eugenio Trías expresaba este razonable alerta: "Si se dibuja una pirámide de países ordenados por ingresos económicos de la población y otra relativa al carácter más o menos democrático de sus respectivos regímenes, resulta que los países más escandalosamente ricos son los más impecablemente democráticos. Y esto, como mínimo, constituye una interesante curiosidad moral".

Curiosidad moral. Nada frívolo empalme de palabras. Porque el posmodernismo político, en una admisión tácita de su trivialidad inmanente, siente una repugnancia visceral hacia todo cuanto huele a ética, a moral, a principios. Su impasible pragmatismo no se permite demoras en la conciencia, sea ésta individual o colectiva. El capitalismo salvaje, ese Tarzán de la espesura bancaria, no podía haber hallado un socio más espontáneo, más inerme y en definitiva más mezquino, que ese conglomerado de *yuppies* que simulan ser *rockeros* y de ciertos *rockeros* que terminan en *yuppies*.

La frivolidad puede significar un necesario alivio, siempre que esté sostenida o justificada por una concepción madura de los reclamos humanos, de las necesidades sociales. Madurez sin frivolidad puede llegar a ser agobiante, abrumadora, pero frivolidad sin madurez suele ser autodestructiva y hasta suicida. Si bajo la superficie frívola hay un subsuelo más trivial aún; si una expresión superficial, perceptible, de liviandad, tiene sus raíces en una frivolidad profunda, poco menos que constitutiva, el ámbito social puede volverse inclemente, insolidario, y hasta contagiarse de indiferencia precoz. El pragmatismo de los *bien instalados* consiste a menudo en cerrar puertas, pero el pseudo pragmatismo de quienes desembozadamente imitan a tales modelos (sean éstos bisoños ministros, altavoces de lo insulso, deportistas de élite o maniquíes de la *jet society*), adopta, tal vez inconscientemente, la forma de un egoísmo advenedizo, sin escrúpulos, donde *todo* se sacrifica a *poco*, y ese *poco* huele a cochambre.

El capitalismo salvaje no es por cierto trivial, pero, en las estructuras que están a su servicio, hace todo lo posible para que el personal (y en particular los jóvenes) crea que frivolidad es sinónimo de libertad, palabra ésta que aún hoy, a pesar de las planificadas tergiversaciones, mantiene su poder de seducción. "Es una vergüenza lo poco que experimentamos", opina sobriamente Peter Handke, pero lo curioso es que muchos piensan que sólo es dable experimentar en el plano de lo trivial (digamos un video-clip, un pantallazo publicitario), cuando la experimentación que realmente importa (y pienso que a ella se refiere Handke) es la que se verifica en las capas profundas de la cultura, del individuo, de la ciencia. La moda, por ejemplo, es un experimento trivial, y por eso está condenada a pasar de moda; la informática, en cambio, es un experimento en profundidad, y en consecuencia amplía, lustro a lustro, su repercusión en el medio social.

En los muros de Quito (me lo contó Jorge Enrique Adoum) alguien estampó esta confesión: "Cuando ya tenía respuestas a la vida, me cambiaron las preguntas". Inquietante reflexión que se corresponde con este decenio de trasiegos y conmociones, y que puede aparecer como luminosa y reverberante, siempre y cuando no caigamos en la banal tentación de dar por buenas todas las preguntas, especialmente las recién acuñadas. Si el flamante cuestionario procede de la cultura del dominador o sus filiales, seguramente ha de venir con sus respuestas adheridas, obligatorias, y en ese caso la respuesta será poco menos que una excrecencia de la pregunta.

Sin embargo, en esta etapa de grandes mudanzas, también puede ocurrir que seamos nosotros (y no *ellos*) quienes renovemos las preguntas. Si de pronto descubrimos que las viejas respuestas eran dogmáticas, esclerosadas, anacrónicas, quizá notemos paralelamente que las preguntas al uso (incluidas las nuestras) eran obvias, gastadas, y hasta ineptas. Tal vez nos falte experimentar en el arte de preguntar y preguntarnos. Las mejores preguntas acaso sean, después de todo, las que no figuran en las encuestas, esas que seguramente habrían querido responder los incluidos en el rubro "no sabe/no contesta".

La vertiginosa derechización del mundo ha confiscado las verosímiles expectativas de buena parte de sus habitantes. ¿Con qué derecho reprocharemos hoy a esa sociedad sin expectativas el consumo diario de *culebrones* o telenovelas (que al menos aluden a relaciones humanas y hasta proponen uno que otro final feliz), si la abusiva realidad amartillada por los boyardos de la economía organiza desenlaces a cual más tenebroso? El derecho a soñar, aunque se trate de triviales sueños, no es un derecho frívolo. Resulta en cambio no sólo profunda sino dramáticamente frívola la irresponsabilidad con que los administradores del poder y sus hierofantes económicos o militares toman inapelables decisiones sobre millones de hombres y mujeres, por supuesto sin arriesgar jamás el pellejo propio.

En este mundo diseñado, medido, organizado y fichado por la informática, la propuesta de liberación no está irremediablemente condenada. No olvidemos que una computadora es un instrumento. Ni conservador ni progresista: sólo un instrumento. Y si el dominador puede insertar en el disco *durísimo* todo un programa de dependencia y explotación, siempre nos quedará el recurso, nada frívolo por cierto, de con-

taminarlo (y desconcertarlo) con un *virus* libera-
dor. Que no se llamara por cierto *viernes 13* sino
domingo 7.

(1990)

LA ENMIENDA Y EL SONETO

La velocidad de los cambios en los países del Este ha desacomodado al personal, incluidos en él los protagonistas directos y los testigos lejanos, los tecnócratas y los arúspices, los grandes empresarios y los trabajadores, los intelectuales y los políticos, los rutinarios y los futurólogos. Las derechas no pueden creer en tanta dicha y las izquierdas sienten que el piso se les mueve, con una intensidad de 7,5 en la escala de Richter. La vertiginosa derechización del mundo genera estupor, y el estupor inhibe la equilibrada reflexión. La situación es particularmente confusa porque la necesidad de innovaciones, mudanzas y reajustes, se entrevera con el riesgo de sus consecuencias; la temeridad de Gorbachov, con el oportunismo de Kohl; el encandilamiento de los ex comunistas, con las verdaderas intenciones de Occidente. El diagnóstico, embrollado y prematuro, inunda los gozosos titulares de la prensa internacional: ¡El comunismo ha muerto! ¡El marxismo está enterrado! ¡Fin de las utopías! ¡Fin de las ideologías! Sobre ese improvisado camposanto colocan, eufóricos, la gran pancarta finisecular: ¡El capitalismo ha triunfado! Aleluya. O sea: Socorro.

Porque si el capitalismo (empezando por su máxima expresión: los Estados Unidos), cuando se le oponía un poder verosímil y compensatorio, como el de la URSS, llevó a cabo expoliaciones, invasiones, bloqueos económicos y otros ultrajes, ¿qué no hará cuando, a corto plazo, según todas las proyecciones y profecías, disponga del poder hegemónico en el transformado mundo de fin de siglo? Pese a que el Pacto de Varsovia ha quedado bajo los escombros del muro de Berlín, y aunque ninguna pujanza rojiza amenace ya la sacrosanta seguridad de Occidente, nadie se atreve a predecir la desaparición de la OTAN.

Sin embargo, en ese apronte no corre sólo Estados Unidos. La propia Europa comunitaria, si bien admite los cambios con alguna aprensión (léase: inminente unidad alemana), también los encara con un inocultable sentido utilitario. Antes que la recuperación del talante democrático en el Este, al Oeste parece acicatearle la rápida invasión (tal vez ganándoles por un pescuezo a los japoneses) de los nuevos mercados disponibles. Según las inesperadas pero sinceras declaraciones del ministro español de Relaciones Exteriores, Francisco Fernández Ordóñez, en sólo tres meses Occidente ha proporcionado a Polonia y Hungría tanta ayuda económica como la brindada *en diez años* a América Latina en su totalidad. Entre el negocio y la solidaridad, los países capitalistas vencen rápidamente sus perplejidades y eligen, sin la menor vacilación, el negocio mondo, lirondo y redondo. Esto podrá ser primicia sólo para los desinformados y vocacionales, ya que el capitalismo nunca ha padecido fiebres solidarias. Estados Unidos, por ejemplo, sólo ha sido generoso (al menos, mientras le sirven) con las dictaduras latinoamericanas, aunque últimamente ni siquiera lo es con sus recaderos más connotados, como ese pobre Guillermo Endara, su Quisling panameño, que ha mantenido, en son de protesta y sin mayores resultados, un ayuno de acreedor vergonzante.

El actual entusiasmo de las sociedades del Este por la edulcorada imagen capitalista, es, si se quiere, la explicable consecuencia del cerril anticomunismo, generado por los errores, las represiones y las fechorías, cometidos por regímenes que carecían de democracia interna. Es también la previsible respuesta a una publicidad machacona, que ensalzó, muy por encima de sus valores reales, las eventuales bondades del *mercado libre*. De todos modos, no es improbable que, ya que hoy va todo tan de prisa, las sociedades orientales adviertan muy pronto que el ámbito capitalista no es sólo Mercedes Benz, lujosos yates, suntuosas residencias en Beverly Hills, fascinantes operaciones en la Bolsa, *self-mademen* que se convierten en potentados, rostros recién planchados del *jet-set*. En su vasta zona de influencia, el *capitalismo real* desarrolla algunos atributos, en los que por cierto no se especializó el *socialismo real*: infamantes cinturones de pobreza, índices escalofriantes de mortalidad infantil, analfabetismo, desastres ecológicos, desarrollo incontenible de la drogadicción y el narcotráfico (sólo Estados Unidos consume el 80% de la droga que se produce en el mundo), aumento espectacular de la delincuencia (en 1989 hubo 1905

56

asesinatos y 3254 violaciones, sólo en Nueva York), desocupación masiva, etc. Precisamente este último rubro será el primero en incorporarse al Este, ya que la adopción de economías de mercado provocará, sólo en la URSS (según pronósticos oficiales soviéticos) la friolera de diez millones de desocupados. La alternativa es dura: *gerontocracia* del Este o *gerentecracia* del Oeste.

¿Fin del marxismo? Hace poco, Marcelo Cohen (*La Vanguardia,* Barcelona, 23 de febrero) inventó un sugerente monólogo, en el que se decían cosas como éstas: "Soy la voz insepulta del marxismo (...) Tengo un comunicado. Aviso, antes que nada, que sólo algunos de mis avatares yacen bajo los escombros del muro de Berlín. Otros retroceden ante las imágenes polacas de la Virgen. Pero espiritualmente, por así decir, ando por todas partes (...) Estoy disuelta en el mullido pantano del último siglo de historia. Soy un elemento químico basal (...) He dado palabras para nombrar lo que hoy sigue hiriendo, he nutrido el nervio, la rabia orgullosa, la agudeza crítica (...) Para los amantes del fútbol, soy un fino centrocampista que crea juego inagotable. Y nada más. Conmigo se seguirá discutiendo. No seré cemento de construcciones perversas, sino movilidad y sugerencias; presiento nuevas metamorfosis. El que quiera puede recibirme. Y el que no, que se embrome". Creo que la síntesis, además de imaginativa, es acertada. ¿Quién puede negar la fuerza provocativa, transformadora y (perdón por el arcaísmo) revolucionaria, que tuvo en este siglo la doctrina que acuñó, en el anterior, el filósofo de Tréveris? ¿Quién puede discutir que las arduas conquistas de los trabajadores, en todo el mundo, se deben en buena parte a la ideología y el impulso del marxismo? Y esto es así aunque Marx se haya equivocado en varias de sus sesudas proyecciones. Porque Marx no era un profeta, sino un filósofo.

Impulsivos y regocijados analistas podrán firmar el certificado de defunción de las ideologías, pero ¿qué quiere decir eso? ¿significa que nadie nunca va a luchar en el futuro por la justicia social, por la preservación ecológica, por la erradicación del hambre, por la eliminación de la mortalidad infantil, por la alfabetización masiva, por viviendas decorosas para los hombres y mujeres de este mundo? ¿Qué nombre llevará esa lucha? ¿Comunismo? ¿Socialismo? ¿Ecologismo? Que no se preocupen Debray, Lévy, Touraine y otros franceses de pro; ya se lo pondremos. El capitalismo ha ganado un partido, pero no el campeonato.

Entre tantos artículos que ahora se publican sobre estas novedades, encontré una cita de Demócrito: "Las desdichas convierten a los pueblos en sabios". Ojalá que el axioma sea aplicable a la nueva Europa, ya que en el Tercer Mundo las desdichas más bien los convierten en cadáveres, y suelen ser los sobrevivientes, quienes (sabios, o simplemente osados) se lanzan a la brega en pos de cambios verdaderos.

¿Fin de las utopías? Nada más decepcionante podría anunciársele a la humanidad, cuyos avances fundamentales se han debido casi siempre a los forjadores de utopías. En mi generación latinoamericana fuimos muchos los que, en distintas maneras y en diversos niveles, luchamos por utopías; y, es claro, unas se cumplieron, otras no. Al parecer, deberíamos arrepentirnos de esas luchas, pedir perdón por haber albergado esperanzas. En lo personal, tal acto de contrición no figura en mis planes. Con victoria o sin ella, la solidaridad siempre ha sido una buena terapia intensiva para el cuerpo y el alma.

Las utopías no son pronósticos ni proyecciones de datos ni resultados de encuestas ni siquiera presagios; más bien son destellos de la imaginación, aspiraciones casi inverosímiles que sin embargo llevan en sí mismas el germen de lo posible. Una generación sin utopías será siempre una generación atascada (aunque tenga la obsesión de la velocidad) e inmóvil (aunque se agite sin cesar). La utopía no comulga con la religión del dinero, con la mezquindad, ya que es, en esencia, una señal inequívocamente solidaria, y en sus cultores más conspicuos (digamos: Jesús, Marx, Freud) ha tendido a crear mejores condiciones para el hombre y su breve, condenada vida.

Es cierto que, a partir de los súbitos cambios en Europa, América Latina estará más sola que nunca. La caída del muro berlinés conducirá no solo a la alarmante unidad alemana, sino también a la vieja reivindicación de la europeidad. Encantados con un continente sin Pacto de Varsovia pero con OTAN (el nuevo primer ministro rumano, sin embargo, acaba de declarar en Madrid que en la actual Europa la OTAN se parece a un espantapájaros en pleno invierno), embelesados con su ombligo *paneuropeo*, quienes deciden en el Viejo Continente se interesarán cada vez menos por las miserias ajenas. No se descarta, empero, que lleguen a interesarles las propias. Según Cornélius Castoriadis, en los países del Este se comprueba el resurgimiento de un modelo occidental, "como si lo ideal fueran el capitalismo y la oligarquía generalizados sobre la base de la miseria", y agrega: "La democracia no es, contrariamente a lo que dicen ahora los malos ideólogos y los malos periodistas, el capitalismo". Evidentemente, la democracia es, recordémoslo, el gobierno del pueblo y no de los dueños del dinero. Es probable que los obreros del sindicato Solidaridad jueguen con fuego cuando, al formular sus pancartas reivindicativas, las escriben no en polaco sino en inglés.

No obstante, a contrapelo de la no-historia que nos quieren vender, es posible arriesgar ciertos augurios. Hasta ahora, el blanco de todos los ataques del imperialismo era la izquierda, en sus diversas formas y estilos. Sin embargo, tanto se ha derechizado el mundo, que hoy la izquierda visible, y más o menos vigente, ha pasado a ser la socialdemocracia. Pues bien, a pesar de sus famosas concesiones, de sus ingresos y/o adhesiones a la OTAN, de su visto bueno a bases militares norteamericanas en los respectivos territorios, aún sobreviven en sus programas ciertos trazos de inspiración socialista, y, cuando llegan a ser gobierno, si bien suelen desdecirse de los eslóganes más comprometidos, tratan sin embargo de mantener tibias medidas de carácter social, aunque sólo sea para diferenciarse vagamente del centro y la derecha. La ancha franja de sus méritos será empero a todas luces insuficiente cuando llegue la hora para el capitalismo de localizar (o sencillamente, de inventar) al *enemigo* imprescindible. La gran preocupación de los sectores más belicistas de Estados Unidos y Gran Bretaña, por ejemplo, ha de ser el aparente futuro de paz que se cierne sobre sus fructíferas industrias de guerra, con la previsible disminución de dividendos y de influencia. Por tanto, llegará el día en que será obligatorio buscar y hallar a un enemigo, visible y verosímil, que justifique con su sola presencia la más redituable de sus empresas: el negocio y las industrias de la muerte. Para ese entonces la socialdemocracia, su aliada hasta ayer, estará ahí, a tiro de misil y de invectivas. De modo que las contradicciones no han desaparecido totalmente, y no es improbable que los socialdemócratas lleguen a añorar los buenos tiempos en que había una tangible izquierda que recibía las bofetadas.

Es obvio que el mundo del Este necesitaba urgentes y drásticas correcciones, pero no es tan seguro que la enmienda propuesta sea mejor que el soneto. Corresponde a la izquierda inventar otra enmienda, que evidentemente incluya la recuperación y el afianzamiento de las libertades y la democracia, pero no obligatoriamente la sumisa entrega al capitalismo salvaje.

Por su parte, América Latina, que no tiene por qué cargar con la *culpa europea* del estalinismo, deberá seguir luchando, con ayuda o (lo más probable) sin ella, no sólo contra el imperialismo desembozado y textual, sino también contra el indirecto: el de la Deuda Externa, el del FMI y del World Bank, o sea el imperialismo de la miseria. La agresión a Panamá, el bloqueo a Nicaragua y la consiguiente derrota del sandinismo, la ominosa invasión del espacio soberano de Cuba con la llamada TV-Martí, son los primeros síntomas de la impunidad y la falta de riesgo con que ahora se mueven los Estados Unidos en América Latina. Sin embargo, ya han empezado a concretarse respuestas, todavía indirectas pero reveladoras. La sorpresiva aparición y consolidación, en México, de una voz crítica como Cuauhtémoc Cárdenas; el inesperado avance de la izquierda brasileña (Lula-Brizola) que por primera vez arañó la posibilidad de una victoria; el triunfo, también por vez primera, del Frente Amplio en Montevideo; y hasta el hecho no despreciable de que Estados Unidos haya perdido por goleada varias votaciones en la hasta no hace mucho manejable OEA, son eventuales signos de la tantas veces postergada asunción de la soberanía y la dignidad en el continente mestizo.

La derechización mundial se salteará, como siempre, los presupuestos éticos. Dentro de esa coyuntura tan desfavorable, la izquierdización de América Latina será ardua, y, en el mejor de los casos, gradual, pero la ética (política, social, sencillamente humana) será palabra clave. Por más que el presente sea de turbación e incertidumbre, y aunque hayamos perdido tantos sueños, espero que no cometamos la imperdonable tontería de perder también nuestra esperanza.

(1990)

EL BENDITO ENEMIGO

Los *intelectuales proféticos* de este crispado fin de siglo han augurado, antes aún que los políticos, que junto con el fin de la historia, también asistiremos al *fin de la izquierda.* Y quizá tengan parcialmente razón. Asistiremos al fin de *cierta* izquierda: la temblorosa, la pusilánime, la que tenía sus principios cosidos con hilvanes, la convertida al posmodernismo. Hay sin embargo *otra* izquierda más solidaria, menos individualista, más profunda y consciente, menos venal y menos frívola, que, si bien vive hoy una etapa de dolorosa reflexión, no está dispuesta a cambiar de ideología como de camiseta.

Decía hace poco Günter Grass (intelectual coherente, si los hay), refiriéndose a la vertiginosa unificación alemana, algo que podría aplicarse a la situación general de 1990: "Todo se hace a toda velocidad, se utiliza constantemente una metáfora imposible: el tren está en marcha y nadie puede ya pararlo. Esa es la descripción más exacta de un tren de la catástrofe. En un tren que no hay quien detenga no me gustaría estar sentado". Sin embargo, hay largas colas para trepar cuanto antes a ese prometedor convoy, que algunos creyeron un TGV y puede resultar apenas un tren correo. En semejante *overbooking* figuran numerosos ex izquierdistas que, de la noche a la mañana, tras un insomnio ardoroso y calculador, resolvieron cambiar de rumbo y de presupuestos éticos.

Hace veinte años conocí a un pintoresco octogenario, viejo militante de izquierda, que a la menor provocación señalaba a su interlocutor con su tembloroso dedo admonitorio y le espetaba: "Te voy a hacer una autocrítica". Pues bien, hoy los militantes de la soberbia, también nos miran severamente y, sin el menor rubor, "nos hacen la autocrítica". De resultas de la misma, venimos a ser culpables directos de los desmanes de Honecker, de las barrabasadas de Ceausescu, de los crímenes de Stalin. Poco importa en qué sector hayamos militado: ellos no se preocupan por los matices. ¿Cómo van a desaprovechar la ocasión de meter a toda la izquierda en el mismo saco y descalificarla *in toto*? Semejantes fiscales simulan creer que el progresista bien intencionado, sincero en sus convicciones, es una entelequia: no existió ni existe ni mucho menos existirá.

No sirve haber luchado por algo tan nítido e irreprochable (o tan *kitsch*: así tal vez lo juzgaría Kundera desde su insoportable levedad) como la justicia social; ni siquiera haber denunciado en su momento (y no varios lustros después) las invasiones soviéticas de Hungría y Checoslovaquia. No hay atenuante ni coartada posibles. Para la izquierda sólo cabe la extremaunción, y eso, si la caída del Muro nos pilló confesados.

Aún es tolerada una *derecha de la izquierda*, que cada vez se confunde más con una *izquierda de la derecha*; apenas las separan los recuerdos. De todos modos, su colindante existencia contribuye a hacer creíble el publicitado pluralismo. Después de todo, la OTAN perdería parte de su metálico encanto sin esa *derecha de la izquierda* que a todo le dice amén.

De todas maneras, el desconcierto y la confusión que generaron en Occidente el derrumbe del bloque comunista, y el consecuente colapso del Pacto de Varsovia, tuvo dos caras. Una, la europea, que festejó sinceramente la recuperación de libertades en el Este, y, con más sentido de cálculo, se esforzó por anticiparse a Estados Unidos y a Japón en el control de esos mercados vírgenes; y otra, la del Departamento de Estado y el Pentágono, que al quedarse de pronto sin enemigo, estuvieron al borde del infarto económico-militar. ¿Qué hacer con la poderosa industria de armamentos en un sorprendente mundo que pretendía despojarse del odio? El mago capitalista extrajo de su galera el problema del narcotráfico (después de todo, Estados Unidos consume el 80% de la droga que se produce en el mundo) pero pronto advirtió que ante tan sutil entramado clandestino, no eran aplicables tanques, misiles, armas químicas, submarinos atómicos, etc. Fue entonces que, como por ensalmo, apareció Saddam Hussein, con su exabrupto consumado, y el Pentágono y Bush y la Gran Industria de Armamentos al fin pudieron respirar. Hay que reconocer que el iraquí eligió un método más bien brutal (se ve que ha leído atentamente las Obras Completas del Pentágono), con lo cual le brindó a Bush el enemigo que éste buscaba con ansiedad. Y esta vez sí podían usarse todos los pertrechos, aun los más sofisticados.

Por supuesto que Hussein merece un franco repudio por su manotazo. Pero algo que la crisis del Golfo puso en evidencia fue el culto de la hipocresía como una de las bellas artes. Lo innegable es que la actual debilidad de la URSS deja al mundo (y no sólo al Tercero) virtualmente en manos de la vocación imperialista de los Estados Unidos. Y ante ese poder hegemónico todos sus aliados, con mayor o menor docilidad (Alemania y Japón, sin ningún entusiasmo) se alinearon a su lado en la lucha contra Irak. Es claro que el gran despliegue fue, como siempre, el de Estados Unidos, peligrosamente ansioso de que aparezca un pretexto mínimo para probar al fin toda su flamante generación de armas letales.

No obstante, vale la pena recordar que todas esas *naciones cofrades* no mostraron la misma sensibilidad cuando los *marines* norteamericanos invadieron Granada y Panamá. Cada región suele tener su depredador: en el Golfo Pérsico es Irak, pero en América Latina el peligro no se llama Hussein sino USAin. Es casi un problema de semántica. Cuando la invasión es llevada a cabo por los *marines,* se califica de *pragmatismo político* (así lo designa G. A. Fauriol, director del Programa Latinoamericano en el Centro para la Estrategia y Estudios Internacionales, de Washington), pero cuando la realiza Irak pasa a ser un "atentado fascista contra la paz". Es sabido, además, que buena parte del poderoso armamento de que dispone Irak le fue proporcionado por las mismas naciones (especialmente, Estados Unidos y Francia) que hoy lo bloquean. Si finalmente la guerra estallara, probablemente asistiríamos a un enfrentamiento de *mirages* contra *mirages,* en un curioso intercambio de espejismos.

Por otra parte, cuando Hussein era todavía un *dictador amigo* (categoría patentada por Reagan), cometió gravísimas violaciones de los derechos humanos (vbg. la matanza de los kurdos), sin que ello provocara embargos ni bloqueos, ni siquiera rubores, quizá porque estaba en juego el hombre y no el petróleo. ¿Y Kuwait, ese país que todos corren a auxiliar? Son notorias las atrocidades que allí se estilan. Uno de sus ministros, el príncipe Abdulah Bin Faisal Bin Turki, admitió, pleno de orgullo, a un periodista de *El País,* de Madrid, que sólo en 1989 fueron ejecutadas más de cien personas (culpables de homicidio, violación y adulterio) y que "las mutilaciones de miembros y los azotes en público son muy valiosos para disuadir al ladrón". En cambio, las ejecuciones no han de ser igualmente valiosas para disuadir al adúltero. En fin.

El presidente Bush ha sugerido cancelar la deuda externa de Egipto, como compensación por su apoyo a los Estados Unidos. De modo que ya lo saben los países latinoamericanos, tan abrumados por esa carga: con sólo enviar unos cuantos soldaditos al Golfo Pérsico, el Gran Acreedor les condonará el débito. Además, Bush ha anunciado que, aunque la crisis se solucione pacíficamente, sus tropas permanecerán *sine die* en Arabia Saudita y aledaños. Al igual que en Granada y Panamá ¿no es así?

(1990)

HACIA UN ESTADO DEL MALESTAR

El descalabro de los países comunistas en la Europa del Este ha dotado a las derechas, en todo el mundo, de una soberbia y un engreimiento inusitados. Sólo la crisis del Golfo Pérsico logró abrir un paréntesis de preocupada expectativa en la euforia de los poderosos y sus alabanceros. No obstante, aun en esa coyuntura, el despliegue militar norteamericano en la zona del conflicto ha asumido un talante fanfarrón y exhibicionista, bastante más notorio que el desplegado en la guerra de Vietnam.

Desde Margaret Thatcher a Karol Wojtyla, desde Jean Le Pen a Octavio Paz, los conservadores más conspicuos y encarnizados han celebrado ese colapso político e ideológico como si se hubieran encargado personalmente de desmoronar, ladrillo a ladrillo, el muro berlinés. Por otra parte, cierta prensa sicofante ha retomado un estilo de agravios y calumnias que parecía definitivamente sepultado y, como era previsible, la extrema derecha ha usado y abusado de su impunidad posmodernista.

No hace mucho, el filósofo italiano Norberto Bobbio recordaba que, en un escrito juvenil, Marx había definido el comunismo como "la solución al enigma de la historia". A esta altura ya ha quedado claro que, al menos en la aplicación chapucera de los Hoenecker, los Ceaucescu y otros profanadores, el comunismo no ha representado esa solución. No obstante cabe preguntarse si, tras el repentino cambio de vía, será por ventura el capitalismo el que habrá de solucionar el viejo enigma.

Como también ha señalado Bobbio, "en un mundo de espantosas injusticias, como en el que están condenados a vivir los pobres y marginados junto a los grandes potentados económicos de quienes dependen casi siempre los poderes políticos, aunque éstos sean formalmente democráticos, el pensar que la esperanza de la revolución haya desaparecido sólo porque la utopía comunista es errónea, significa cerrar los ojos para no ver".

No creo que el "pensamiento débil" (así lo han bautizado sus creadores, o sea los exponentes del posmodernismo) sea tan inconsistente y mortecino como para no advertir que la actual línea divisorio entre las desacordes zonas de la humanidad separa algo más que meras corrientes ideológicas. Hace sólo diez años, el análisis del enfrentamiento marxismo/capitalismo era (entre otras razones, por sus infiltraciones mutuas) bastante complejo. Ahora no. Todo es más sencillo. El mundo simplemente se divide en países ricos y países pobres y, como previsible corolario, la humanidad se fracciona en hedonistas del confort y prójimos miserables.

El gran escándalo de este fin de siglo es la

pobreza, esa lacra que invalida todos los adelantos tecnológicos e informáticos, todas las hazañas de comunicación y cosmonáutica. Estamos tan adelantados que las memorias electrónicas pueden informarnos al instante que 40 mil niños mueren diariamente de hambre en el mundo (por supuesto, limpiamente clasificados por nacionalidad, raza, color, grupo sanguíneo, etcétera), pero estamos a la vez tan atrasados que no logramos evitar esa catástrofe.

Es obvio que el "socialismo real" fracasó en rubros tan decisivos como la libertad o el derecho democrático, pero no es lícito borrar de una historia tan reciente, el hecho de que, a pesar de todo, logró solventar necesidades tan elementales del ser humano como la salud, la vivienda, la educación, el cuidado de la infancia, la estabilidad laboral (con especial atención a la mujer trabajadora). Tal vez como consecuencia de esa actitud en el ámbito social, fenómenos como el narcotráfico, la desocupación, o la violencia juvenil, tuvieron en los países ahora ex socialistas índices considerablemente inferiores a los que memorizan en Occidente las infalibles computadoras.

Sin embargo, a la hora del cambio, la derecha triunfante y altiva sólo contabiliza los aspectos negativos del Este (hoy casi Oeste) y ni siquiera se aviene a mencionar esas innegables conquistas sociales. Por ejemplo, en la anexión de la RDA por la RFA, como las mujeres de Alemania Occidental no gozan de exenciones laborales en lapsos de embarazo, posparto, etcétera, tales conquistas les fueron sencillamente arrebatadas a las mujeres orientales. Como las guarderías en la RFA son privadas y bastante onerosas, los círculos infantiles, enteramente gratuitos, de la RDA, fueron suprimidos en los convenios "unificadores".

Escarnecido y humillado el ingrediente socialista, la propuesta para el siglo XXI es obviamente la capitalista. Sin embargo, hasta ahora (o sea hasta acceder a la presente hegemonía), ¿qué había conseguido para el *ciudadano-mundial-promedio*? Por lo pronto, una descomunal industria bélica, cuyo mantenimiento alucinante y obsesivo es, después de todo, una de las razones básicas de la indigencia humana en particular y los países pordioseros en general. Ha generado asimismo atroces desigualdades sociales que frecuentemente conducen a la violencia; ha esparcido dondequiera la drogadicción (su "democrático" incremento arrancó sin duda de la guerra de Vietnam y la necesidad militar de enfervorizar a soldados que tenían escasos motivos de fervor); ha creado cinturones de penuria en la mayoría de las grandes capitales; ha destruido, con programada eficacia, los espacios verdes que contribuyen a que la humanidad respire; ha permitido, y hasta auspiciado, que sus naciones básicas invadan estados periféricos, sin que a la ONU se le moviera el pelo que reservaba para el Golfo Pérsico; ha estimulado la monstruosa Deuda Externa de los países subdesarrollados y la ha usado luego como chantaje y como cepo. Etcétera. Todo esto forma parte del lujoso catálogo de ese mismo capitalismo que ahora ejerce la hegemonía.

Lamentablemente, y como ha señalado el historiador inglés Eric Hobsbawm, "de momento no existe parte alguna del mundo que represente con credibilidad un sistema alternativo del capitalismo, a pesar de que debería quedar claro que el capitalismo occidental no presenta soluciones a los problemas de la mayoría del Segundo Mundo, que en gran medida pasará a pertenecer a la condición del Tercer Mundo". O sea, que el puesto del Segundo Mundo quedará vacante, ya que sólo habrá permiso para dos opciones: el aureolado *Welfare State* (o sea el Estado del Bienestar), cada vez más descaecido, y el inexplorado, casi clandestino Estado del Malestar, al que los politólogos norteamericanos aún no le han colocado etiqueta; deberían hacerlo a la brevedad (llamarlo por ejemplo *Unrest State*), ya que, a falta de KGB, la pobreza ha comenzado a infiltrarse en pleno corazón imperial.

Comentando un libro de Guy Hermet, dice Rafael Sposito que "las democracias primigenias no hicieron más que articular, bajo el ropaje ideológico del liberalismo, una prolongada estrategia de exclusión de las mayorías". Hoy resulta evidente que el neoliberalismo se ha convertido en el mejor aliado del capitalismo multinacional. De ahí que también a los neoliberales les molesten las mayorías. Pero las mayorías se extienden, procrean, invaden, reclaman. En Sudáfrica la minoría blanca está aprendiendo a tragarse su desprecio y mientras tanto es atentamente mirada por 20 millones de negros. En todo el mundo las mayorías están aprendiendo a mirar. Hasta Estados Unidos lleva un Tercer Mundo (negros, chi-

canos, *ricans,* latinos) en sus entrañas. También lo
lleva la autosuficiente Comunidad Europea.

Las mayorías están en Africa, Asia, América
Latina. Cada vez será más difícil excluirlas.
Sobre todo porque, pese a todos los controles de
natalidad, las mayorías aumentan en tanto que
las minorías disminuyen. Por eso, cuando los
nuevos arúspices decretan el fin de las utopías,
es posible que estén en lo cierto, pero sólo si se
refieren al *Welfare State*. El Estado del Bienestar
se ha quedado sin utopías. Peor para él. El Estado del Malestar, en cambio, las sigue creando,
trabaja por ellas. Tiene tan poco que perder y
tanto para ganar, que la utopía se ha convertido
en su destino. En un *jaiku* de Taigui, poeta japo-
nés del siglo XVIII, se lee: "Yo las barría, / y al
fin no las barrí: / las hojas secas". ¿A quién pueden caberle dudas de que, tarde o temprano, las
grandes mayorías se negarán a barrer las hojas
secas de la fatuidad minoritaria?

(1990)

LA REALIDAD Y LA PALABRA

Es posible que defraude algunas expectativas, pero en esta ocasión no voy a referirme al concepto de *realidad*, pura y exclusivamente como "categoría filosófica que designa y define la realidad objetiva, cuyo único rasgo es el de existir fuera e independientemente de la conciencia" (A. I. Búrov, *La esencia estética del arte,* 1956), ni a la *palabra* sólo como "la mínima unidad lingüística independiente" (H. J. Kramsky, *The word as a linguistic unit,* 1969). Después de todo, a lo largo de nueve lustros casi diría que me he especializado en defraudar expectativas, de manera que podré referirme, sin ninguna aprensión, a lo que todos (no sólo los filósofos o los lingüistas) entendemos por *realidad* o por *palabra,* y que a la postre es algo que no ha sido invalidado por las ciencias abstractas ni por las experimentales.

A veces nos encandilamos tanto con las acepciones (por otra parte, rigurosamente científicas) puestas en circulación por eruditos e investigadores, que nos olvidamos de los significados que hemos acuñado entre todos y a lo largo de varias geografías y generaciones. De modo que aquí, sin el menor complejo de inferioridad, hablaremos a menudo de la realidad monda y la palabra lironda, y también viceversa.

Hoy que el castellano ha pasado a ser la tercera lengua a escala mundial, ya que la hablan (aunque no siempre la leen o la escriben) unos 320 millones de seres humanos, la palabra, en lo que tiene de lenguaje, de signo y de medio comunicante, nos vincula a todos, y sobre todo vincula a nuestros pueblos, al permitirnos compartir un territorio que todos contribuimos a expandir: la lengua. Y esto sea dicho sin olvidar la diferenciación que imponen, tanto en España como en América, los matices, tonos y peculiaridades de inflexión, modulación y acentos, propios de cada región. Ya en 1896 anotaba Ricardo Palma: "El lazo más fuerte, el único quizá que, hoy por hoy, nos une con España es el idioma" (*Neologismos y americanismos*). Tal vez hoy, casi un siglo después, no sea lícito seguir sosteniendo que es el único lazo; no obstante, continúa siendo el más fuerte, ya que otros rubros de esa relación (digamos la comprensión mutua, la colaboración económica o la simple solidaridad) dejan todavía mucho que desear.

Lo esencial es que está a nuestra disposición, aunque a menudo la desaprovechemos, la posibilidad cierta de entendernos, y aunque todos sabemos que a veces nos encontramos con palabras que en un país son corrientes o inocuas, y en otro, obscenas o agraviantes, el mero hecho de que más de 300 millones de personas usemos (y a veces abusemos de) la misma lengua, representa un privilegio del que es importante ser conscientes.

Justamente en estos tiempos, con motivo del cercano V Centenario de la llegada de Colón a las tierras que quince años más tarde (gracias a la ocurrencia y a la desinformación de cierto cartógrafo alemán llamado Martín Waldseemüller) tomarían el nombre de América, todavía se enfrentan, por un lado, la versión oficial glorificante, y por otro la memoria, todavía insepulta, de la impiedad colonizadora. No obstante, es lamentable que esa contradicción, que por supuesto no es abstracta ni mucho menos gratuita, empañe lo que es acaso el resultado más deslumbrante de aquella aventura.

En las tierras recién alcanzadas, los conquistadores se fueron enterando de la existencia del caucho, el tabaco, el chocolate, la papa o patata, y las llevaron en volandas, o más literalmente en veleros, al viejo continente, y aunque el oro y la plata no eran novedades para esos pioneros, también supieron encontrarlos y trasladarlos a Europa en cantidades apreciables. A cambio de tantos bienes materiales, nos dejaron, en compensación que entonces pareció muy pobre, nada menos que la lengua, legado espiritual que en definitiva ha demostrado ser más duradera y gratificante que todas las otras y obvias riquezas.

Siempre hay metáforas que arropan a los imperios. Por supuesto no fue necesario incorporarlas cuando esos imperios estaban en su apogeo, ya que entonces no precisaban justificaciones ni resguardos éticos; en cambio, fue preciso inventarlas cuando los imperios se jubilaron como tales y fue importante, por razones de imagen, maquillar la historia. A finales del siglo XIX, todavía escribía Clarín: "Los amos de la lengua somos nosotros". ¿Habrá ocurrido algo en el siglo XX para que hoy los hispanoamericanos nos hayamos convertido en copropietarios del castellano? ¿O será que, en última instancia, las lenguas no tienen amo y por eso se desarrollan y propagan a pesar de las aduanas y otras academias? Huelga decir que siempre me han gustado más los imperios jubilados que aquellos otros que siguen en actividad, pero de cualquier manera no alcanzo a comprender por qué, aún hoy, ni en España ni en América se pone el énfasis en esa gran franja vinculante que es la lengua.

Imaginemos por un instante que decimos la palabra *amor* o la palabra *odio* o la palabra *hijo* o la palabra *poder*, y que existe en el mundo una verdadera multitud que tiene la posibilidad de entender de qué estamos hablando. Ese creíble nexo ya no arropa a ningún imperio, activo o jubilado, sino a los hombres y mujeres de más de veinte países, cuyas palabras, y en consecuencia sus pensamientos, aspiraciones, sentimientos, desalientos y esperanzas, son datos en (amplísima) clave, nebulosas pero decisivas señales de identidad, contraseñas que cruzan el océano.

No nos encandilemos, sin embargo, ni españoles ni hispanoamericanos, con la prerrogativa de formar parte de tan vasta familia lingüística. Durante siglos nuestra lengua fue postergada, menospreciada, en los grandes centros de la cultura mundial; era poco menos que un habla clandestina. Ahora su presencia es ineludible (hasta en los Estados Unidos ha pasado a ser el segundo idioma) y su diversidad se ha convertido en un rasgo de su unidad. Nadie podría decir hoy: "Los amos de la lengua somos nosotros", ya que, como sostiene Carlos Magis, "ni el *español de América* ni el *español peninsular* son *lenguas* (sistema lingüístico) perfectamente homogéneas, sino *sumas de hablas* regionales" ("Unidad y diversidad del español", en *América Latina en sus ideas*, vol. coordinado por Leopoldo Zea, 1986).

En América Latina, la sombría cruz de esa medalla está representada por la segregación y el menoscabo de otras lenguas, no importadas sino vernáculas, ocasionados sobre todo por la generalizada e impetuosa invasión del castellano. A la llegada de los conquistadores, en lo que es hoy Hispanoamérica se hablaban numerosas lenguas aborígenes: azteca, náhuatl, maya, quiché, totonaco, otomí, caribe, arawak, miskito, suno, quechua, aymara, tupí-guaraní, cacan, araucano, etc. Varias de ellas han desaparecido, absorbidas por otras hablas indígenas de mayor desarrollo o por la forzosa irrupción del idioma del conquistador. No obstante, son numerosas las que han sobrevivido y son habladas (y en algunos casos, también escritas) por algunos millones de indoamericanos. Por ejemplo, en México hay un millón de habitantes que hablan lenguas aborígenes; el 50% de los guatemaltecos hablan idiomas de origen maya; el 30% de los peruanos no hablan castellano; el aymara abarca amplias zonas de Perú y Bolivia; en estos dos últimos países, más Ecuador, hay cuatro millones de quechuahablantes. Paraguay, por su parte, es el único país latinoamericano verdaderamente bilingüe, ya que la virtual totalidad de sus habitantes hablan castellano y guaraní. En todos estos países el castellano está presente y es siempre el idioma oficial, el sistema lingüístico imperante, pero justamente, por mor de esa hegemonía y de su innegable capacidad de comunicación, debería ser más respetuoso de las lenguas indígenas, que, después de todo, son las originarias del continente. Por otra parte, desde tales lenguas autóctonas, también ha habido modestas infiltraciones en el castellano. Todavía hoy se menciona la palabra *canoa* como la primera contribución indígena al castellano; canoa que siempre ha navegado contra corriente y sin embargo no ha naufragado ni se ha detenido.

Las palabras aborígenes suelen tener una belleza natural, una sonoridad sin artificio, y por eso suelen ejercer un poder de seducción, al margen de su significado. Decía Fernando Pessoa que "la belleza de un cuerpo desnudo sólo la sienten las razas vestidas" (*Livro do desassossego*, 1982). Las europeas son lenguas vestidas, acicaladas, bien guarnecidas por tradiciones y gramáticas; las indígenas, en cambio, son hablas desnudas, primarias, casi un sonido de la naturaleza. Sin embargo, en esa aparente pobreza reside su indeliberado poder de seducción. La geografía de América Latina está llena de esos nombres sonoros, cadenciosos, a veces atronadores, que si bien en más de un caso han extraviado su significado o su pura razón de ser, seguirán empero sobreviviendo como memoria y filiación del paisaje.

Cuando en América Latina se habla de identidad cultural, de inmediato reaparece el pasado con su magma de tradiciones, leyendas, colonialismos, influencias, agresiones, éxodos y rebeldías. Y lo confunde todo. El crítico chileno Ricardo Latcham nos bautizó para siempre como *continente mestizo*, y es obvio que ese mestizaje no sólo incluye la ya gastada acepción de raza, sino también las más válidas de lengua, migración, ideología. La mixtura es completa y en consecuencia compleja. Ya vimos que hay países como Paraguay, Perú o Guatemala, que padecen una verdadera esquizofrenia idiomática. Pero en ciertas zonas del Caribe (esa gran piscina donde se zambulleron todos los imperialismos) el problema es quizá todavía más grave. Mientras que en las grandes ciudades donde el idioma oficial es el castellano o el portugués, el escritor suele encontrar (al menos en las temporadas democráticas) casas editoriales que publican y difunden sus obras, en cambio, en Jamaica o Barbados, en Haití o Martinica, la difusión depende de la limosna que le reserven las grandes casas editoriales de Londres o París. El caso de un escritor de Aruba, Bonaire o Curazao es más dramático aún, ya que allí la alternativa es clara: o escribe en *papiamento* (lengua criolla que es un extraño popurrí, con elementos del español, el neerlandés u holandés, el portugués, el inglés y varias lenguas africanas), de cada vez más reducida práctica en la zona, o lo hace directamente en la lengua de la ex metrópoli, o sea Holanda, pero con la desventaja, como me confesaba hace unos años el dramaturgo Pacheco Domacassé, nacido en Bonaire, de que "el holandés es a su turno el *papiamento de Europa*".

No obstante, y como probable consecuencia de su denodado esfuerzo por reconocer y asumir su identidad, son precisamente los escritores antillanos quienes han llevado a cabo en ese aspecto los más eficaces escrutinios y sondeos. Por ejemplo Edouard Glissant, de Martinica, que escribe: "Tratamos de recuperar nuestra memoria colectiva y buscamos el sentido de un espacio propio". Pero Rex Nettleford, jamaicano, va más lejos aún: "La pregunta ¿qué somos? lleva al deseo de lo que queremos ser. Y si lo que queremos ser ha de tener un significado práctico para Jamaica, debe haber alguna concordancia entre la *concepción externa* de los casi dos millones de jamaicanos y su propia *percepción interna* de sí mismos como entidad nacional". Y agrega: "Este es presumiblemente un modo seguro de salvarse de un estado de existencia esquizoide".

La propuesta de Glissant arranca del pasado (memoria colectiva) para afirmar el presente; la de Nettleford, en cambio, arranca del presente para afirmar el futuro. Cualquier latinoamericano, si decide referirlas a su propio país, ha de sentirse identificado con ambas pesquisas. En el pasado, el elemento homogeneizante siempre vino del exterior. En el siglo XIX fue más aglutinante (así fuera para oponerse a ella) la presencia colonial de España que la hipotética afinidad entre un maya de Yucatán y un tehuelche de la

Patagonia, que entre otras cosas ignoraban cada uno la existencia del otro. En el siglo XX, en cambio, y debido tal vez a la angustiosa e inevitable solidaridad que van generando el saqueo económico y las invasiones de los *marines,* es más decisiva la incesante presión de los Estados Unidos que el arduo ensamblaje de una veintena de borrosas identidades nacionales.

Hasta ahora, la realidad desperdigante ha vencido a la utopía integradora. Bolívar, San Martín, Artigas, Martí, Sandino, bregaron incansablemente por sus propias y a menudo afines utopías, y es obvio que ellas siguen vigentes. Las brújulas de una posible liberación señalan empecinadamente el rumbo de la utopía, pero ya no se trata de las ensoñaciones de corte paradisíaco que, a partir de la célebre carta de Colón, improvisaron el trazado del Nuevo Mundo. No hay que olvidar, sin embargo, que fue el mismísimo Colón quien, al describir en su *Diario* su primer encuentro con los *arruacos* (indígenas de Guanahani, isla a la que arribó el 12 de octubre de 1492), anotó puntualmente: "Más me pareció que era gente muy pobre de todo". No es muy estimulante comprobar que hoy, casi cinco siglos después, buena parte de los habitantes del continente siguen en esa indigencia. Y no es necesario remontarse a tan lejana fecha. Entre la leyenda de El Dorado y las actuales recetas de la Escuela de Chicago han transcurrido cuatro siglos. Ahora el proyecto, si hay alguno, de la América pobre, ha de nacer de la clara conciencia del subdesarrollo y también de la vislumbre de que somos, como bien descubriera el ensayista brasileño Antonio Candido, un "continente intervenido".

La superación de una utopía sólo se justifica si da lugar al nacimiento de otra, aún más intrépida. El pasado incluye, entre otros lamentables legados, una cultura de la dependencia, pero la identidad cultural a que aspiramos no será jamás un producto, ni mucho menos un corolario, de esa dependencia. Por fortuna, la misma cultura va generando anticuerpos, y cada escritor, cada artista de América Latina, ya no sólo se preocupa por el espacio, a veces irrespirable, de su propia soledad, ni sólo por el destino de su pueblo, sino fundamentalmente por el destino global del *continente mestizo*. Es por eso que el llamado posmodernismo, con todas sus planificadas ramificaciones, si bien en Europa puede ser verosímilmente una moda, en América Latina sería casi una obscenidad.

Con todas las blanduras heredadas del romanticismo, la que podríamos llamar *literatura de nostalgia* apuntaba hacia el pasado. Hoy, con el rigor y el vigor del sufrimiento, la conciencia del subdesarrollo apunta hacia el futuro. Ojalá que sea allí donde nos encontremos. Sólo nos queda invertir el signo de la nostalgia. El día en que, como propugna Glissant, "recuperemos la memoria colectiva", no para hacer de ella un mito (como quisiera la inmovilista y rancia nostalgia del pasado) sino justamente para desmitificarla, ese día, y no antes, empezaremos a sentir nostalgia del futuro. Y estaremos salvados, ya que es justamente en un futuro de liberación donde espera paciente la esquiva, trabajosa identidad cul-

84

tural que el pasado colonial y el presente imperialista nos vedan, o por lo menos nos ocultan y desvanecen.

Filósofos como Marcuse y Horkheimer criticaron duramente la sociedad de consumo, pero, como no tenían una salida verosímil que proponer, terminaron por instalarse en los supuestos esenciales que son la garantía de ese mismo contorno consumista. No hay más torres de marfil, aleluya, ahora son de cemento armado, pero (como alguien dijo, sin demasiada razón, sobre Theodor W. Adorno) ciertos pensadores se alojan "en una confortable habitación del Hotel del Abismo".

Predican sobre el mundo, pero en verdad son moralistas del vacío. Descartan todas las propuestas, derriban todas las esperanzas; manejan la libertad no como una conquista sino como un fetiche. Pero lo cierto es que ya a nadie le sirve arrendar confortables habitaciones del Hotel del Abismo, así se trate de un Abyss Sheraton. Sea por instinto de conservación o por conciencia de progreso (en este solo caso vienen a ser lo mismo), a América Latina en particular, y al Tercer Mundo en general, no nos van dejando otra opción que convertirnos en fervorosos, indefensos, activos militantes de la utopía. Entre otras, de la utopía de sobrevivir.

Mientras esa emergencia se retrasa, ocurre que la libertad, cuando quiere expandirse, siempre choca con un biombo, un tabique, un muro, un cofre de seguridad, un sistema autoritario, unos intereses leoninos. Hay algunos pocos pueblos que tienen praderas de libertad; otros, que sólo poseen estrechos pasadizos de la misma; y otros, quizá los más, que apenas disponen de túneles subterráneos, hilos conductores, contraseñas de susurrada transmisión. Sólo cuando advertimos que la libertad ecuménica no existe como tal, sólo entonces nos ponemos a la búsqueda de una libertad auxiliar, supletoria, más modesta pero alcanzable. Y es quizá en esa etapa reflexiva cuando nos percatamos de que en la compleja sociedad actual tal libertad auxiliar puede ser un rumbo que equidiste de lo obligatorio y de lo prohibido.

Una de las sustanciales diferencias entre lo prohibido y lo obligatorio es que lo primero siempre ejerce un poderoso atractivo, en tanto que lo segundo más bien produce un innegable rechazo. Precisamente, la fruta prohibida que sedujo a tantos adanes que en el mundo han sido pierde por lo menos algo de su encanto evasivo, evanescente, evangélico (y otros derivados de la abuela Eva) cuando llega a convertirse en fruto obligatorio. Paradójicamente, pues, parecería que la única forma de hacer atractiva la obligación, es prohibirla.

Decía Alejo Carpentier, allá por 1956, que Giacomo Puccini había sido siempre un nombre tabú, ya que todos lo ignoraban injusta pero voluntariamente cuando se referían a la evolución del teatro lírico, y Carpentier atribuía esa conspiración de silencio a que no perdonaban al autor de *La Bohème* que hubiese tenido la suficiente franqueza como para decir de sí mismo: "Tengo un gran talento en lo de lograr cosas pequeñas". El tiempo no transcurre en vano. Al menos hoy no está prohibido tener un talento liliputiense en eso de lograr cosas gigantes. Quizá sea la ocasión de recuperar (o tal vez de revisar) aquel viejo refrán: "El que hace lo que puede no está obligado a nada". Sin duda un sabio precepto, pero ¿qué pasa con el que no puede? No creo que el lavado de manos sea una medida aconsejable. Permítaseme recordar, con todos los respetos, que en el siglo pasado vivió un dramaturgo madrileño, de nombre Manuel Tamayo y Baus (suficientemente católico y conservador como para no escandalizar a nadie), que en una de sus últimas obras le hizo decir a un personaje: "También se lavó las manos Pilatos, y no hay manos más sucias que aquellas manos tan lavadas".

En el principio era el Verbo, así fuera el del conquistador, pero, como quería Macedonio Fernández, "la palabra es signo suscitador". En correspondencia con semejante vocación provocadora, la palabra se ramificó en varias realidades. Después de todo, siempre ha habido tantas realidades como individuos, y esto no es rasgo privativo del Tercer Mundo, pero en él se advierte, más que en otras latitudes, que en cada realidad concurren otras. Por cierto que la literatura no ha permanecido al margen de ese ejercicio. En *Morirás lejos*, estremecedora novela del mexicano José Emilio Pacheco, la *posibilidad* es usada como un haz de realidades que convergen en la palabra, y por ende, en la situación. Las realidades se cruzan, se trenzan, se invaden. La tortura por ejemplo, que ha sido y es todavía singularidad letal de este siglo en el Tercer Mundo, viene a ser la despiadada invasión de una realidad por otra, pero además genera las correspondientes defensas, denuncias y salvaguardas. La solidaridad, aunque de signo contrario, es también una intervención, no armada sino amada, operación de riesgo y generosidad, ejercicio de la confianza, cultivo del socorro como una de las bellas artes.

Como contrapartida de la ramificación de la palabra en realidades varias, éstas acaban regresando a la palabra desde todos los puntos cardinales. A veces se tiene la impresión de que la realidad es sólo lo que podemos percibir a través de los sentidos. Y claro que lo es. Pero también los sentidos mienten; en realidad, han sido educados para que nos mientan. Los latinoamericanos tenemos la suerte y/o la desgracia de que todo el mundo sepa con meridiana nitidez qué solución y qué rumbo son los que nos convienen. El único problema es que la solución nítida que nos programan unos suele contradecir la no menos nítida que nos sugieren otros. Y entre tantas y tan contrarias nitideces, nuestra pobre y subedesarrollada confusión aumenta casi al mismo ritmo que la Deuda Externa. O sea, que nuestro destino está tan empañado como empeñado.

El poeta argentino Juan Gelman, escribió estos dos versos impecables: "Los salvadoreños están hablando con la eternidad / suben al cielo y escriben «abajo la desdicha»". Una porción de esa desdicha reside en que gran parte de los salvadoreños no pueden todavía escribir ese lema, ya no en el cielo, donde no hay requisitos de abecedario, sino en los acribillados muros de sus pueblos perdidos o encontrados. Y no pueden hacerlo, sencillamente, porque no saben escribir. La realidad latinoamericana incluye millones de analfabetos, que apenas son poseedores de la mitad de la palabra: tienen la fracción oral, carecen de la escrita.

La realidad es, en cierto sentido, fundación de la palabra, pero a su vez ésta (tal como sostiene Carlos Fuentes al hablar de Carpentier) es "fundación del artificio". La realidad condiciona el ánimo, y éste, al generar la palabra, expurga la realidad; pero la expurga modificándola, haciéndola más brutal o más etérea, menos rampante o más soterrada, o sea imaginándola, y convirtiéndola, al imaginarla, en otra realidad que es artificio. "Yo filmo preguntas, no respuestas", declara el cineasta argentino Eliseo Subiela, y por eso su notable *Hombre mirando al sudeste* siembra en el espectador una inquietud que lo estimula a prolongar coordenadas por su cuenta, coordenadas que son otras tantas realidades. El aporte más original de Subiela, confirmado con creces en su siguiente filme, *Ultimas imágenes del naufragio,* es el impecable desarrollo de sus metáforas visuales. Entre la nostalgia y la reminiscencia, Subiela opta por esta última y con ello obtiene un distanciamiento, que entre otras cosas sirve para compensar su desembozada apelación a los sentimientos.

¿Y los poetas? ¿Qué hacen con la realidad? Es cierto que hasta no hace mucho la nombraban bastante menos que los prosistas. En general, los narradores parecen haber adquirido un abono o pase libre para transitar gratuitamente por la realidad. No sólo la nombran, sino que la describen y registran; cuando conviven con ella se sienten como en su casa, y, ya que son fabricantes de ficciones, la pueden modificar sin pedir permiso. El novelista es sobre todo un inventor de realidades, y sólo en segunda instancia un inventor de palabras. Quien haya leído a Balzac, a Dostoievsky, a Italo Svevo, a Rulfo, a Italo Calvino, a Onetti, a García Márquez y otros narradores de raza, difícilmente recordará, años después, tal o cual despliegue verbal, tal o cual palabra alumbradora; pero seguramente no olvidará jamás las grandes líneas de las historias narradas, las peripecias que lo deslumbraron o conmovieron.

Los poetas, en cambio, cultivan las palabras con delectación, pero no como lujos verbales ni reverberos gratuitos; las cultivan porque constituyen la base de su juego o de su desafío. María Zambrano ha escrito recientemente que, cuando "surge la materialización, azote de nuestro tiempo", la poesía ha de atajarla "con su cuerpo, dando el cuerpo de la palabra en el poema". O sea, que el poeta ejerce un cuidado corporal de la palabra: sólo así ésta podrá dar lo mejor de sí misma.

Los poetas no siempre se encargaban de nombrar la realidad. Sabían que ésta era, en última instancia, el sostén de sus tropos, la savia de sus alegorías. El complemento de las palabras es el silencio, tal vez porque el silencio es nostalgia de la palabra. Ha escrito Circe Maia: "Cómo duele el silencio cuando es hecho de voces / ausentes, de palabras / que nadie dice". Y Rubén Bareiro: "Porque, tal vez muchacha, / olvidé la palabra. / O no la supe nunca". La palabra que nadie dice, en la primera cita, o la palabra olvidada, en la segunda, no certifican su no existencia; simplemente no están en el poema, no están para el poeta. No falta el espíritu sino el cuerpo de la palabra. Algo así como cuando no falta el amor sino el cuerpo de la amada.

En un reciente libro, *Teorías de la historia literaria,* Claudio Guillén recuerda la importancia que algunos de los llamados *new critics* norteamericanos, entre ellos R. P. Blackmur, otorgan a las *palabras no dichas,* algo que podríamos caracterizar, ya por nuestra cuenta, como *silencio activo.* Las *palabras no dichas* no proceden del vacío, ya que en ese caso no serían palabras; serían sencillamente nada. Por más que no hayan traspasado la frontera que las separa de lo oral, por más que sean sólo pensamiento, ya laten como palabras, son pensadas como palabras; sólo les falta acceder a la voz o a la escritura para que el mundo les otorgue certificado de existencia. También la realidad, es decir, la imagen y el sonido de la realidad, pueden refugiarse en el silencio, y las palabras, aun las no dichas, llegar a sintetizarlos. O sea, que la realidad, para completar el ciclo y volver a sí misma, debe dar dos o tres saltos cualitativos: de lo real a la imagen/sonido; de la imagen/sonido a palabra no dicha; de palabra no dicha a palabra pronunciada o escrita; de palabra pronunciada o escrita, otra vez a palabra-realidad. Pero ésta ya será otra: enriquecida, plena. Si no dijera su nombre (el nombre de la palabra es la palabra misma), las otras palabras no la reconocerían.

Aun en el caso del *exteriorismo* de Ernesto Cardenal, donde la realidad parece ser el componente textual de la poesía, y las palabras, meras réplicas lingüísticas de los hechos y las cosas, la realidad se convierte en poesía merced a la interiorización del poeta, que siempre es responsable de la elección fragmentaria de los datos reales y sobre todo del montaje final. De ahí que, en el *exteriorismo*, la prioridad poética no es reservada para la sensibilidad, ni para la emoción, ni para el lujo verbal, sino para el substrato estructural. En un reportaje que le hice a Cardenal hace más de veinte años, al preguntarle sobre la influencia de Pound sobre su poesía, él me decía que la principal había sido la de hacerle ver que en la poesía cabe todo; que "en un poema caben datos estadísticos, fragmentos de cartas, editoriales de un periódico, noticias periodísticas, crónicas de historia, documentos, chistes, anécdotas, cosas que antes eran consideradas como elementos propios de la prosa y no de la poesía". Y agregaba: "La de Pound es una poesía directa; consiste en contraponer imágenes, dos cosas contrarias o bien cosas semejantes, que al ponerse una al lado de la otra producen una tercera imagen". O sea, la específica función del montaje.

Ahora bien, ese fenómeno de ósmosis entre poesía y prosa, o, como quieren algunos críticos, esa prosificación de la poesía, se ha dado, aunque no tan radicalmente como en Cardenal, en casi toda la poesía conversacional y en la antipoesía que hoy se escribe en América Latina. Sin perjuicio de compartir varios de los argumentos usados por Fernández Retamar para distinguir la antipoesía de la poesía conversacional, puede reconocerse, en la invasión del prosaísmo, un denominador común a ambas tendencias. Y este prosaísmo, que todavía escandaliza a más de un purista, ha dado en Hispanoamérica obras tan importantes y removedoras como las de Nicanor Parra, Jaime Sabines, Roque Dalton, Ernesto Cardenal, Jorge Enrique Adoum, Salazar Bondy, Idea Vilariño, Fayad Jamis, José Emilio Pacheco, Enrique Lihn, Juan Gelman, Francisco Urondo, César Fernández Moreno, Fernández Retamar, Nancy Morejón, Antonio Cisneros, Gioconda Belli y tantos otros.

Los poetas no nombraban demasiado la realidad, pero ahora sí la nombran. El notorio desarrollo de la poesía conversacional ha tenido una consecuencia sorprendente: los poetas se han acercado peligrosamente a su contorno, su palabra se ha contagiado de realidad, y esa relación ha establecido un inesperado puente entre autor y lector. Es obvio que la poesía conversacional reclama o presupone un interlocutor, y el lector, al sentirse aludido, responde a ese reclamo. Tal es, después de todo, el gran avance experimental de esta tendencia: la comparecencia del lector como un nuevo dato de la ecuación poética. La *Opera aperta* de Umberto Eco y *La hora del lector* de José María Castellet, que tuvieron como casi obligada referencia a la estructura narrativa, poseen ahora, en la poesía conversacional hispanoamericana, no exactamente un equivalente, pero sí una nueva dimensión del eventual protagonismo del lector, de su función activa. También es cierto que, así como el *exteriorismo* de Cardenal reconoce la válida referencia de Ezra Pound, también la poesía conversacional de Sabines, Gelman, Pacheco, Lihn, etc., tiene (además de la desgarrada *soledad fraternal* de Vallejo, que es sombra tutelar de su temática) antecedentes de una característica inflexión de cotidianidad en poemas como la "Epístola a la señora de Leopoldo Lugones" de Darío, la "Epístola de un verano" de Baldomero Fernández Moreno, o la "Conversación a mi padre" de Eugenio Florit.

Es en la actual poesía latinoamericana donde la realidad aparece más y mejor ligada a la palabra, y donde ésta asume, sin aspavientos y con sencillez, su responsabilidad esclarecedora y comunicante. Pero ¿tendrá razón cierta tendencia cautelar de la crítica cuando presupone que la infiltración de la prosa en el sagrario de la poesía puede desactivar en ésta última las tensiones internas, el uso casi hipnótico de la palabra, las santabárbaras de la magia, la liturgia de la soledad? Quizá. No obstante, conviene recordar que cada texto tiene su contexto y a él se vincula. Un texto de hoy no sólo se origina en las tensiones internas del creador; también puede emanar del subsuelo de la calma o de las a menudo feroces tensiones de la realidad. Aun la tan manoseada paz, que en resumidas cuentas no es más que la aceptación del otro, suele provocar tensiones no trágicas, no espectaculares, no cruentas; tensiones que se parecen bastante a la felicidad, al mínimo derecho de disfrutar la vida.

94

Por otra parte, ¿cómo negar que hay una magia de lo cotidiano, una liturgia de lo comunitario? Hace unos diez años escribí que la realidad es un territorio por el cual casi inevitablemente el novelista pasa, pero en el cual casi nunca se queda. Una vez que se impregna del aire real, del olor real, del tacto real, del suelo real, una vez que recarga allí sus baterías, procede a invadir otros territorios, donde habrá de crear otro aire, otro aroma, otro tacto, otro suelo, forzosamente contagiados de lo real pero que no serán lo real. Hoy podría agregar que el poeta es tal vez menos pragmático. Cuando pasa por la realidad, ésta suele rozarlo, aludirlo, convocarlo, acusarlo, indultarlo. Para el poeta la realidad es una malla de sentimientos. Y no siempre puede liberarse de esa red. Transitoria o definitivamente, permanece en ella, no como un cautivo, sino como alguien que busca ser interrogado, convocado, escuchado, querido. El poeta es un peregrino cordial (del latín: *cor, cordis*), un expedicionario de los sentimientos, un reclutador de prójimos. Y, claro, también es un orfebre de palabras, pero ésta no es su prioridad primera.

Como bien dice Ernesto Sabato, "una palabra no vale por sí misma sino por su posición relativa, por la estructura total de que forma parte". O sea, que la palabra vale sobre todo por su inserción en la realidad. Por algo Vallejo gritó su alarma hace medio siglo: "¡Y si después de tantas palabras, no sobrevive la palabra!" El poeta es consciente de que la palabra es su instrumento; nada menos pero tampoco nada más que eso. La inteligencia es su recurso y eso también lo sabe. Bergamín aconsejaba "ser apasionado hasta la inteligencia", pero me atrevo a conjeturar que hoy tal vez aconsejaría al poeta que tratara de ser inteligente hasta la pasión.

En este mundo de hoy, tan condicionado por el dinero y por todo lo que con él se obtiene, es obvio que la poesía apuesta a otros valores. A duras penas se abre paso por entre la maraña de razones y sinrazones, de esplendores y malogros, de atropellos y sumisiones, de frustración y consumismo.

Es probable que el poeta eche a veces de menos la diafanidad del pensamiento abstracto, pero también que vislumbre que ésa no es su especialización. Y ello, aunque T. S. Eliot y Lezama Lima se conjuren para refutarle. Los sentimientos, en cambio, si bien rara vez son diáfanos, de todas maneras configuran su hábitat. Este enredado y turbador fin de siglo, que da por concluida la historia, que decreta el fin de las ideologías y anuncia la muerte de las utopías, y que en cambio permanece indiferente ante la destrucción de los espacios verdes y la contaminación del aire que respiramos; este engorroso, casi neurótico fin de siglo, es atravesado de Este a Oeste (ya que de la embarazosa dialéctica Norte-Sur nadie se ocupa) por una corriente fría y sobrecogedora. Bastó que cayera (y bien caído está) el muro de Berlín, para que el transfuguismo se convirtiera en una profesión rentable. Los Grandes Capitales lanzan sus campanas al vuelo, mientras desde la historia (ésa que, según dicen, ya no existe), Pirro los contempla con clarividente tristeza.

¿Afectan estos cambios a la cultura en general y a la poesía en particular? Las metáforas e isotopías, el discurso poético y la emoción estética ¿estarán condenadas a replegarse frente al utilitario dramatismo del Debe y el Haber, o ante la periódica dialéctica de lo Imponible y lo Exento? En el fondo, ello dependerá en gran parte de la actitud del poeta, quien tendrá que tener en cuenta que la realidad que aparentemente importa es la del mercado y que la palabra ha sido obligada a marcar el paso: basta ya de sueños y de amores, basta de árboles o ríos. La palabra ha sido convocada para otros menesteres, por ejemplo para nombrar las nuevas selecciones sémicas, reprivatización, *interdealers*, macroeconomía, *front-end*, reestructuración, *stand-still,* desaceleración, etc. La palabra recibe la orden de no pasar más por la Magia sino por la Caja.

Por otra parte, al sentimiento le han colgado una nueva etiqueta: es *kitsch,* esa palabra que inventaron los alemanes para designar lo que es de mal gusto, de pacotilla, lo vulgar en fin. Milan Kundera ha sido distinguido (ignoro si con su aval) como abanderado de esa descalificación, y quizá por eso su levedad me resulta insoportable. No obstante, en América Latina el sentimiento todavía sobrevive. Será de pacotilla, pero sobrevive. En forma de amor, de solidaridad, de afecto, pero sobrevive. Hasta un poeta tan lúcido y riguroso como José Emilio Pacheco no tuvo reparos en presentar uno de sus poemas como un "Homenaje a la cursilería", y el novelista Manuel Puig elevó el *kitsch* a la categoría de arte en *Boquitas pintadas.*

Después de todo, el sentimiento también es realidad y la palabra aún encuentra espacio para decirlo. Y en ocasiones, como en un doloroso poema ("Problemas") de Juan Gelman, los elementos más inesperados se entrelazan con la emoción: "el poema que hacía referencia / a los problemas de la balística en relación con los sentimientos / ¿describía la curva de la tristeza o cómo / hay que apuntar más alto que la realidad o / un poco hacia la izquierda / según / para dar en el blanco / en la realidad?".

También algunos poetas españoles dan en el blanco. Como Luis García Montero, que se duele, por suerte sin temor a la blandura: "Tu corazón, cerrado por reformas, / vagando va en la música / sin querer contestarme", y más adelante propone: "No hay discrepancias enigmáticas entre la realidad y la imaginación. Existe una realidad imaginaria, un mundo fabulado donde se juntan las historias y la historia, los poemas y la poesía, su soledad y los que estamos solos". ¿Acaso lo imaginario no se organiza mediante la astuta prolongación de las coordenadas de la realidad?

Una y otra vez José Hierro nos convoca: "Volvamos a la realidad". Y es un sabio consejo. Podemos irnos con las palabras, soñar con las palabras, sufrir con las palabras, desfallecer con ellas, pero una y otra vez debemos volver a lo real, para renovarlas y renovarnos. No todos podemos realizar el sueño de una realidad que se ajuste a nuestra esperanza, entre otras razones porque en cada realidad están presentes las realidades prójimas. Pero en esa parcela que nos toca,

por modesta que sea, nuestra palabra se hallará a
sí misma. Sómos realidad y somos palabra. También somos muchas otras cosas, pero quién duda
que ser realidad y ser palabra son dos apasio-
nantes maneras de ser hombre.

(1990)

ECLIPSE DE LA SOLIDARIDAD

La meteorología política requiere ajustes puntuales. Los vientos flojos y moderados son normalmente sustituidos por marejadas intimidatorias y marejadillas retóricas; las borrascas se sitúan en el Golfo Pérsico; bases de niebla en la bolsa de Tokio y nubosidad variable en el resto.

Lo cierto es que, además de los vertiginosos relevos, enmiendas y conversiones del último quinquenio (que abarcan sistemas, ideologías, alianzas, concepciones del poder, nuevas hegemonías), han tenido lugar otras mutaciones, probablemente no tan notorias pero que también están contribuyendo a cambiar la sociedad y las relaciones humanas que le dan vida.

La trepidante derechización experimentada por los estamentos políticos y los medios comunicantes ha generado, como razonable consecuencia, la soberbia de los vencedores y la inhibición de los vencidos. Es probable que las zarandeadas comunidades del Este no se encuentren totalmente cómodas ni en el primero ni en el segundo grupo; en cambio no caben dudas de que, como siempre, el gran perdedor es el Tercer Mundo.

Orgulloso de su bienestar, de sus adelantos técnicos, de su *jet set*, de sus banqueros y de sus *yuppies*, el engreído Noroeste o Primer Mundo, ha adoptado un talante nítidamente egoísta y ha convertido ese rasgo en la gran novedad del curso. Como derivación de ese salto cualitativo (¿hacia adelante? ¿hacia atrás?) Occidente se ve hoy aquejado de una alarmante mezquindad, y el Síndrome de Insolidaridad Dócilmente Adquirida puede llegar a ser tan grave como el otro SIDA.

Aunque cada país hoy boyante sigue conservando (y a veces ocultando) sus miserias propias, las sociedades del desarrollo, en su conjunto, se muestran tan autosatisfechas de su confort y de su habilidad para lograrlo, que se tornan amoscadas y recelosas cuando los rostros más o menos oscuros del Tercer Mundo modifican el paisaje de sus grandes ciudades. Prefieren el *smog* de las gigantescas industrias antes que la contaminación de esos indeseables.

No obstante, en un pasado relativamente cercano, los inmigrantes portugueses, italianos y españoles eran discriminados en países prósperos de Europa, tal como hoy son segregados los turcos en Alemania o los africanos en España. Después de todo, el método idóneo para ignorar la actual pobreza ajena es olvidar cuanto antes la pasada miseria propia.

Aun las recién *adoptadas* sociedades del Este empiezan a padecer algunas amarguras. Pasadas las primeras y explicables salvas de júbilo, y también la segunda y más breve euforia, el Oeste ha empezado a mirar con recelo a esos miles y miles de presuntos disidentes del comunismo, que reclaman su sitio en el nirvana del mercado de consumo. En realidad, vienen a exigir todo aquello que durante más de 40 años les fue prometido por las *radios libres* y por la seductora publicidad televisada del Berlín occidental.

Pero aun en el ámbito alemán, que ha diseñado una solución propia, el acoplamiento no ha sido fácil, y quizá por eso, si hoy se comparan las cuotas partes de la tan mentada fusión germánica, puede conjeturarse que, más que de unificación, debería hablarse de lisa y llana anexión. (No estoy inventando el término: acabo de escuchárselo a varios decepcionados alemanes del Este que eran entrevistados por la televisión española, y que recordaban que, antes de la caída del Muro, había en la RDA unos 250 mil ciudadanos en paro, y ahora ya hay más de un millón.) Con mucha más habilidad que Irak, y sobre todo sin su brutalidad y con una más fundamentada inserción en el pasado, la RFA reclamó (y obtuvo) su propio Kuwait. Quizá por eso (es mera conjetura) el gobierno de Kohl se muestra tan vacilante a la hora de participar militarmente en la operación *Escudo del Desierto*. Y es probable que, cuando la prensa internacional compara insistentemente a Saddam Hussein con Hitler, el corazón unificado de la *Gross Deutschland* sufra vergonzantes palpitaciones, incrementadas a veces por las depredaciones callejeras de los jóvenes neonazis. Por algo Günter Grass nos ha recordado que la única y breve etapa (1871-1945) de unidad alemana, fue la fase más infeliz de su historia: "De ese Estado unitario salieron dos guerras mundiales, crímenes como no se habían dado nunca en la historia de la humanidad".

Es claro que el actual flagelo insolidario no es sólo político. Cuando la autoridad eclesiástica se duele, en reciente declaración, de la disminución de fieles y de sacerdotes, cada vez más aquejados de incurable soledad, parece no haber advertido que la actual religión del *Oeste ampliado* es el sacrosanto dinero, y que algunos devotos de ese nuevo culto son capaces no sólo de crucificar nuevamente a Cristo (tal vez en nombre de los mercaderes otrora expulsados del templo) sino también a la patria, el párroco, la madre y la tercera esposa. Tampoco son gratuitas, como muestras de la insolidaridad elevada a paradigma, las difundidas instantáneas del presidente Bush pescando muy pancho en su refugio veraniego mientras enviaba decenas de miles de jóvenes norteamericanos a los riesgos del Golfo Pérsico.

En un brevísimo poema, titulado "Antiguos compañeros se reúnen", dice el poeta mexicano José Emilio Pacheco: "Ya somos todo aquello / contra lo que luchamos a los veinte años". Sucede que la insolidaridad es contagiosa. Se comienza (cuando llegan las vacaciones) abandonando al perro y su anacrónica lealtad en medio de la carretera: luego (en las siguientes vacaciones), dejando al abuelo en cualquier parte, para que no molesten su invalidez, su sordera, su falta de memoria o simplemente su silencio. Más adelante, se apaga el televisor si éste documenta que 40 mil niños mueren de hambre diariamente en el mundo. Hay que reservar las

103

lágrimas para el culebrón de turno. Por otra parte, la solidaridad es una palabra tan larga y tan
incómoda, que ni siquiera cabe en los poemas
posmodernos.

En este tiempo del desprecio, la humanidad perpetra la aniquilación de las ballenas, de
los delfines, de los elefantes, de los osos; destru-
ye la selva amazónica, incendia los bosques de
los países mediterráneos. Los partidos verdes y
los movimientos ecologistas rara vez obtienen
un apoyo mínimo que otorgue verosimilitud a
sus alertas. El agujero en la capa de ozono apenas nos concede tiempo para que defendamos la
vida, pero nadie se da por aludido. "La Tierra
nos quería un poco, me acuerdo", escribió hace
45 años René Char. ¿Nos seguirá queriendo ahora, cuando su destrucción se ha convertido en
una meta primordial del hombre?

La propia Iglesia restringe su solidaridad
a la parcela de las oraciones, pero deja caer sus
estigmas, presiones y amenazas sobre la incómoda Teología de Liberación, que corrobora con hechos su saludable obsesión de que el cristianismo se cristianice. En realidad, Cristo y Marx
están cada vez más solos en su propuesta de solidaridad. Y en tanto que millones de africanos
mueren de hambre, Karol Josef Wojtyla se aviene
a consagrar la basílica de Yamusukro, Costa de
Marfil (faraónica fotocopia de la de San Pedro),
cuya construcción, con vitrales franceses y mármol rosa italiano, costó 230 millones de dólares.
Su promotor, el viejo dictador Boigny, de Costa
de Marfil, no se ha hecho acreedor a mayores ob-
jeciones del mundo libre, occidental y cristiano.

La bendición papal, empero, ha provocado aislados estupores éticos.

Este quinquenio que culmina quedará signado, en la memoria colectiva, como el Lustro de la Insolidaridad. Estamos en pleno jubileo del capitalismo y sabemos que el capital sólo es solidario (aunque no siempre, Japón *dixit*) con el capital. Toda una firme tradición. Hay sin embargo otra tradición, menos voceada pero más profunda: que los pueblos suelen ser solidarios con los pueblos. (Me consta que este término ya casi no se usa, pero, a pesar de mis ingentes esfuerzos, no he encontrado un sinónimo posmoderno.) Tal como van las cosas, nada es seguro. Sin embargo, como alguna vez lo insinuara Bergamín, "si hay una mala fe, ¿por qué no va a haber una buena duda?"

(1990)

EL BANQUERO DE DIOS

Paul Marcinkus, norteamericano de origen lituano, arzobispo de confesión, anticomunista de profesión y banquero de vocación, podría ser definido, no exactamente como un *pecador* sino como un *pecado* de la Santa Madre Iglesia. Brazo derecho (en sus años mozos) del cardenal Spellman, también lo fue más tarde de los pontífices Pablo VI y Juan Pablo II; en cambio no se destacó como brazo izquierdo de nadie. Metafóricamente podría ser considerado como un cónsul espiritual de los Borgia en el siglo XX (aquellos Papas tan pluralistas que tenían hijas tan simpáticas como Lucrecia), o, mejor aún, podría haberse incorporado (si Umberto Eco se hubiera interesado en laberintos policíaco-monacales de este siglo) a la galería de personajes de *El nombre de la rosa*.

Por haber presidido durante tres lustros el OIR (Instituto para las Obras de Religión, también denominado *Banco del Papa*) fue llamado el "banquero de Dios", pero los cardenales y obispos más recelosos siempre dudaron de que el Señor endosara sus cheques. Dudas y perplejidades equivalentes emergieron en la justicia milanesa, que irreverentemente intentó procesarlo, no por pecado de omisión sino de comisión. El empíreo privado de este arzobispo no estaba poblado por ángeles sino por banqueros (del IOR, del Banco de Nassau y sobre todo del Banco Ambrosiano, cuya quiebra conmovió al mundo financiero-eclesial).

En el currículo oficioso (casi tan abultado como el oficial) de Paul Marcinkus figuran también presuntas connivencias con diversas muertes nunca aclaradas y suicidios que acaso fueran crímenes. Su nombre ha aparecido insistentemente vinculado a enigmas tan mentados como la extraña y prematura muerte del papa Juan Pablo I, el "suicidio" del banquero Roberto Calvi bajo un puente londinense o la anómala muerte en prisión del banquero siciliano Michele Sindona, que había sido su dilecto amigo.

El Vaticano, que años después no vacilaría en entregar a Noriega (refugiado en la embajada de la Santa Sede en Panamá) a Estados Unidos, jamás permitió que la justicia italiana echara mano a este intrépido custodio de los dineros sagrados y consagrados.

Finalmente, en octubre de 1990, las crecientes presiones de sectores importantes de la propia Iglesia, obligaron al papa Wojtyla a desprenderse de su *brazo derecho* y restituirlo a su diócesis original de Chicago, la Meca de los *gangsters* y los *boys* de Milton Friedman, probables feligreses de su recuperada parroquia, donde desde ahora acaso no falten homilías sobre una que otra verdad bíblica, verbigracia del *Libro de proverbios* (22.7): "El rico se enseñorea de los pobres y el que toma prestado es siervo del que presta".

(1991)

LA ISLA QUE EXPORTA VIDA

En estos tiempos de Golfo Pérsico, cuando la atención mundial es absorbida por las versiones informáticas de la muerte y por las imágenes concretas del horror, puede parecer inoportuno hablar de Cuba, esa pequeña isla dejada de la mano de Dios y del COMECON. Pero los temas del Tercer Mundo son siempre inoportunos, porque inoportunos son el subdesarrollo y sus alarmas que suenan a deshora.

Mi última visita a Cuba había sido en marzo de 1989 y en estos casi dos años tuvieron lugar en esa nación y en el mundo suficientes acontecimientos como para estimular un cotejo personal entre la Cuba de 1991 y la previa al proceso de Ochoa y a la caída del muro de Berlín. Demasiado sé que mis recientes tres semanas de permanencia no son de ningún modo suficientes para un cateo en profundidad de una realidad tan compleja, de manera que sólo me referiré a lo visto, leído y escuchado personalmente. Reconozco que mis dos períodos de residencia en la isla (1968-71 y 1977-1980) significan en mi caso un legítimo antecedente a la hora de llegar a un juicio aproximativo sobre la realidad de 1991.

Empecemos por lo negativo. La prensa cubana, y particularmente *Granma* y los respectivos órganos oficiales de cada provincia, sigue siendo tan esquemática, tan previsible y poco interesante como en años anteriores. Paradójicamente, la escasez de papel y la consiguiente reducción de tirada y de páginas de *Juventud Rebelde* (que de diario ha pasado a semanario) y de la revista *Bohemia*, ha redundado en un evidente ascenso en el nivel profesional de ambas publicaciones, aunque cabe señalar que una y otra disponen aún de un amplio margen de mejoras posibles.

Si bien la burocracia ha sido parcialmente conmovida en sus sólidos cimientos por el llamado "período especial en tiempos de paz", aún sigue constituyendo un grave estorbo para el desarrollo y la eficacia. Sin embargo, no todo es atribuible al estilo moroso y displicente del funcionario-tipo (que, después de todo, no difiere demasiado del burócrata de cualesquiera latitudes y regímenes) sino también al entramado (des)organizativo y al interminable papeleo. Un ejemplo: tuve que realizar una sencilla gestión, referida a derechos de autor, en un Banco estatal, y si bien la empleada que me atendió fue cordial y llevó a cabo, *con la mayor rapidez posible,* el trámite respectivo, éste incluyó tal cantidad de formularios, que debí estampar en ellos más autógrafos que en una Feria del Libro.

¿Prostitución? Existe, por supuesto, y es uno de los reproches que casi diariamente se hacen a la Revolución. Especialmente algunos visitantes y cronistas europeos ponen el acento en ese rubro. Su puritano estupor incluye un considerable ingrediente de hipocresía, ya que proviene de un continente que ostenta su Calle de la Montera o su Castellana nocturna, su calle de Budapest o los mismísimos Champs Elysées, el refinado meretricio de Vía Veneto, o los escaparates prostibularios de Hamburgo y Amsterdam. La verdad es que en Cuba la prostitución nunca desapareció, pero también es cierto que en el primer decenio de la Revolución, hubo un intenso trabajo social, gracias al cual las rameras tuvieron (y por cierto aprovecharon) la oportunidad de dedicarse a labores que no fueran las regateadas "de su sexo"; muchas de ellas se incorporaron a fábricas y hasta se casaron y tuvieron hijos. No obstante, la necesidad imperiosa que tuvo Cuba de estimular el turismo, y la invasión foránea que ello implicó, también significó el renacimiento de la decana de las profesiones. El turista norteamericano viene en busca de su mulata perdida, y si no la halla se sentirá profundamente defraudado; si en cambio la encuentra, disfrutará sin remordimiento de su piel morena, y luego, de regreso a su púdico contexto de Salvation Army y Jimmy Swaggart, no vacilará en denigrar a Cuba por no haber eliminado autoritariamente el meretricio. De todos modos, el estupor occidental está fuera de foco, ya que la relación prostituta/hombre es en La Habana notoriamente más modesta que en cualquier capital europea o latinoamericana. Y con un rasgo a destacar: a diferencia de sus colegas de otras urbes civilizadas, en la Cuba "bárbara" la prostituta carece de gigolo o rufián o chulo o cafisho. Tolerada a regañadientes, como algo inevitable, por el régimen,

111

la puta cubana no tiene amo ni promotor ni mantenido; tal vez represente cierta insólita fórmula de autogestión en una peculiar sociedad socialista.

Otrosí digo. O más bien, otronó. La pena de muerte existe, y ésta es mi diferencia más profunda con la Cuba de 1991. Siempre he sido contrario a tal forma de punición, no importa qué ideología la reglamente o sustente. Tengo entendido que en todo el continente americano, sólo Estados Unidos y Cuba (en otros países sólo es aplicable en tiempos de guerra) mantienen esa condena. Pero tampoco en este tema vamos a rasgarnos las vestiduras. En tanto que Cuba se mantuvo aproximadamente tres lustros sin aplicarla (rompió esa austeridad en 1989 con el fusilamiento de Ochoa y tres de sus cómplices en la operación de narcotráfico), los Estados Unidos ejecutan periódicamente a sus condenados, por lo común negros, chicanos o puertorriqueños, y de vez en cuando algún rubio para disimular. Actualmente hay más de dos mil en espera de la ejecución (silla eléctrica, gas, inyección letal u otras ofertas del catálogo), incluidos débiles mentales y asimismo sujetos que cometieron delitos cuando eran menores de edad.

El *affaire* Ochoa representó para la sociedad cubana un trauma del que aún no se ha repuesto, pero no tanto por la aplicación de la pena máxima, sino por la brecha que significó en la imagen de los organismos de seguridad, que hasta ese momento constituían una salvaguardia y una invulnerabilidad casi míticas para el ciudadano de a pie. Paradójicamente, ese mismo ciudadano no parece contrario a la pena de muerte, y aunque el hecho de que fuera aplicada a un héroe nacional como Ochoa representó toda una conmoción, de ello no se deriva una actitud generalizada contra una tan radical modalidad de expiación. Más aún, distintos interlocutores me aseguraron que si por fin el gobierno cubano decidiera algún día eliminarla, sería imprescindible que previamente llevara a cabo una cuidadosa campaña destinada a convencer a la población de la pertinencia de esa medida. Personalmente creo, y no me cansé de repetírselo (por otra parte, sin ninguna esperanza) a cuanto dirigente se dignó escucharme, que dejar en este aspecto a los Estados Unidos en ominosa soledad, podría ser, no sólo un notorio avance en derechos humanos, sino también un golpe propagandístico de repercusión internacional.

¿Cuál es, en general, la actitud de la juventud cubana? En primer lugar hay que reconocer que; como toda juventud, es rebelde e inconformista. Sin embargo, salvo contadas excepciones, *no es contrarrevolucionaria*. Si aspira a cambios, por profundos que sean, siempre los concibe dentro de la Revolución y no al margen de ella. La famosa noción de pluripartidismo, que tanto ha movilizado a las sociedades del Este, en Cuba no tiene el menor atractivo, ni para jóvenes ni para adultos. La tesis del partido revolucionario único, auspiciada por José Martí desde el fondo de la historia, sigue teniendo su peso. Además, están aún demasiado cerca los modelos de "democracia pluripartidista" (Gerardo Machado, Grau San Martín, Prío Socarrás), como para no

113

identificar el pluripartidismo democrático con esos antecedentes nefastos, represores, corruptos y borrascosos. Lo que reivindican los jóvenes (y de ahí su expectativa, acaso desmesurada, ante el próximo IV Congreso del PCC a celebrarse en el primer semestre de este año) es más activa participación y sobre todo más democracia interna; menos burocracia, menos privilegios para ciertos funcionarios de alto o mediano rango, y menos úkases desde arriba, sin mayor discusión y asimilación por las bases.

Al parecer, en las propias filas dirigentes del PCC se van perfilando dos posturas: una, la de rechazar, o al menos postergar, la solución de esas urgentes y muy concretas reclamaciones, y otra, en la que acaso se inscriba el propio Fidel, la de dar una sensible y nada abstracta respuesta a las demandas. Seguramente, el IV Congreso acabará formulando una síntesis, pero toda síntesis lleva en sí misma un factor detonante y/o determinante, una tendencia que, a pesar de las previsibles concesiones mutuas, le dará a sus sesiones y resoluciones el color definitivo. Ojalá ese color sea el que los jóvenes reclaman.

La situación mundial, con su notoria derechización, con la crisis de la Unión Soviética y el desmantelamiento del Pacto de Varsovia; con la evitable pero no evitada Guerra del Golfo Pérsico y la anunciada hegemonía militar de los Estados Unidos; con la actitud hostil hacia Cuba de los países que hasta hace poco eran sus aliados; con el problema crucial del combustible, sin cuya importación regular la isla, como cualquier país no productor de petróleo, no puede funcionar, ha representado para Cuba el período más difícil desde el triunfo de la Revolución y ha hecho concebir a los Estados Unidos, a los contrarrevolucionarios de Miami y a buena (o mala) parte de los analistas occidentales, la ilusión de una rápida caída de Fidel Castro y de su régimen.

Un diplomático latinoamericano, hace pocas semanas destinado a la isla, me confesó que, cuando llegó, estaba imbuido por ese pronóstico negativo, pero ahora, aproximadamente un mes después, opinaba que aquello sólo tenía el valor de una expresión de deseos, sin base en signos reales, ya que, como siempre ha ocurrido en los períodos riesgosos y cargados de amenazas, el gobierno revolucionario parece más sólido que nunca y con un apoyo popular decidido y compacto.

Una vez más, los cubanos apelan a la imaginación y a cierta innegable capacidad creativa que sirve para darles impulso y de paso sacarlos del atolladero. Por lo pronto, han empezado a trabajar con una eficacia y un esmero poco tradicionales en la molicie tropical del Caribe. Ya no son convocadas, como en épocas pasadas, enormes movilizaciones al campo, con 200 mil o más voluntarios, cuya buena voluntad y desprolijidad laboral más perjudicaban que beneficiaban al corte de caña y otras tareas agrícolas. Ahora, el aporte no excede los 20 mil trabajadores voluntarios, en especial estudiantes, en contingentes que acuden al campo, en turnos sucesivos, sólo por 15 días, y allí cumplen un trabajo impecable. Como resultado inmediato de este nuevo sistema, la producción y distribución de frutas y vegetales ha mejorado sustancialmente. En estos rubros Cuba no sólo satisface hoy las necesidades de sus diez millones de habitantes, sino también las de varios países cuya población total es cuatro veces mayor.

La escasez de petróleo es visible en las calles, donde circula un reducido número de coches particulares, pero a corto plazo Cuba será inundada por medio millón de bicicletas, de producción china y también nacional. Dichos medios de transporte son adjudicados, por un precio módico y en cuotas, a aquellos trabajadores que residan a una distancia de su lugar de trabajo, no menor de 2 km. y no mayor de 10 km. Por otra parte, todos los autos y camiones estatales tienen la obligación de recoger en su ruta a quien se lo solicite.

Para evitar el acaparamiento de productos alimenticios, han sido incluidos nuevamente en la libreta de racionamiento productos que estaban "por la libre". Aun así, la cuota de cuatro huevos por persona y por semana, dos kilos y medio de arroz y otro tanto de azúcar, por persona y por mes, no parece menor que la que consume cualquier ciudadano de un país no racionado. Las carnes de res, cerdo, pollo o pescado, tienen límites más estrictos, pero aun así no son descuidados los índices normales de proteínas. Con su experiencia de períodos críticos del pasado, la población prefiere (y lo dice abiertamente) la reimplantación del racionamiento, ya que elimina de modo radical la lesiva institución del acaparador y asegura la distribución equitativa de lo que se tiene o produce.

116

De todos modos, a cualquier visitante le impresiona la dignidad con que el pueblo cubano enfrenta sus crecientes dificultades. Cuando le hablan de democratización, responde: "Sí, tal vez, pero por ahora la prioridad primera es la supervivencia, tanto del individuo como de la Revolución". Más de un latinoamericano ha de compartir lo expresado por Manuel Vázquez Montalbán, con motivo de su reciente viaje a Cuba (fue jurado del Festival Internacional de Cine): "Hay una conciencia latinoamericana que, aun discrepando con el modelo cubano, mantiene una solidaridad de fondo. Para la izquierda, sin ser necesariamente como ayer una referencia socialista, es aún una cuestión nacionalista y antiimperialista" (*Brecha*, Montevideo, 15-2-91). Mi impresión personal es que, si Cuba supera, como es de esperar, esta etapa crítica, su ahora obligada no-supeditación a la URSS y a su ex bloque va a producir una saludable animación de las potencialidades creativas del pueblo cubano, que son muchas. Y al decir esto me refiero a la política, a la ciencia, a la cultura.

Sin embargo, y sin que aun haya habido tiempo para que la flamante coyuntura internacional provoque ese acicate, ya puede señalarse que la novedad más impactante de esta Cuba 91 tiene que ver con los formidables logros de los científicos cubanos en el campo de la medicina, del llamado Frente Biológico, de la ingeniería genética y biotecnología, de los radiofármacos, de la creación de vacunas en rubros fundamentales, del tratamiento de la retinosis pigmentaria. Además de los beneficios que tales invenciones y adelantos han supuesto, en materia de salud pública, para el ámbito cubano, también es destacable el importante monto de divisas que Cuba está obteniendo mediante ese rubro no tradicional. Si por un lado el azúcar baja de precio en el mercado exterior, por otro, la cotización internacional del hombre de ciencias cubano está ascendiendo en forma vertiginosa. Es así que el gobierno pronostica que, en poco tiempo, la entrada de divisas a producirse por exportación de nuevos fármacos, servicios y tratamientos, puede superar ampliamente la que actualmente ingresa por la exportación de azúcar y tabaco. En el discurso pronunciado al clausurar el Día de la Ciencia, Fidel Castro llegó a decir que "el futuro, la economía y la salud del país dependen de las ciencias".

Naturalmente, este resultado científico no se improvisa ni surge espontáneamente. La atención preferente que, desde hace varios lustros, viene dedicando Cuba al desarrollo biológico y a las ciencias de la salud ha generado sucesivas promociones de investigadores. Sus aportes más espectaculares han sido hasta ahora el tratamiento (combinación de cirugía y ozonoterapia) para la retinosis pigmentaria, las vacunas contra la hepatitis B, la melangelina (cuyo procedimiento de extracción fue descubierto por médicos cubanos), de ya demostrada acción repigmentante en casos de vitiligo, la vacuna antimeningocóccica (en el Congreso celebrado en Berlín, setiembre de 1989, los especialistas norteamericanos reconocieron el fracaso de su propia vacuna frente al éxito indudable del producto cubano), el bactericida cicatrizante F2, etcétera.

Por más que las agencias de noticias hayan silenciado, como es habitual, estos logros, lo cierto es que los mismos han significado toda una explosión en el mundo científico y hoy Cuba no da abasto para cumplir con los pedidos de varias decenas de países. Las intervenciones quirúrgicas, los nuevos tratamientos y biofármacos son brindados gratuitamente a los ciudadanos cubanos, e incluso a pacientes extranjeros, de escasos recursos, por lo general provenientes de las zonas más depauperadas del Tercer Mundo. Pero aun en el caso de que esos servicios se cobren a pacientes extranjeros, los importes son francamente módicos, sobre todo si se los compara con las tarifas que se aplican en los países hiperdesarrollados.

En las calles de La Habana hay pocos automóviles; existe libreta de racionamiento para productos alimenticios; no hay escaparates con artículos suntuosos, pero allí los niños no mueren de hambre (la mortalidad infantil en Cuba tiene, junto con Estados Unidos y Canadá, los índices más bajos del continente), no hay desocupación ni mendicidad, y la asistencia médica es gratuita y de excelente calidad. ¿Cuánto pagarían las grandes empresas capitalistas por la deserción de cualquiera de estos sabios austeros, de estos investigadores extraordinariamente capaces que trabajan con denuedo para lograr (no sólo en su bloqueado país sino en el mundo) una mayor esperanza de vida?

Mientras que los Estados Unidos, más que ningún otro país, basan gran parte de sus ingresos en la venta de armas (tanto a sus amigos de un presente cualquiera como a sus futuros enemigos, léase Sadam Hussein), mientras sus bombarderos de eficacia "quirúrgica" inmolan a civiles en refugios de Bagdad, mientras que ese gran poder hegemónico *exporta muerte*; Cuba, país pequeño y cercado, subdesarrollado y en pleno aislamiento, se afana y se ufana *exportando vida*. Aunque sólo fuera por esa obsesión humanitaria, merecería más comprensión y mejor suerte.

(1991)

NO HAY INDULTO
PARA EL DESPRECIO

Cuando parecía que el miedo se estaba quedando sin siglo, el siglo agonizante se llenó de miedos. Si el Golfo Pérsico nos recordó lo que ya sabíamos y no nos atrevíamos a admitir (que el petróleo importa mucho más que el ser humano), en Argentina el presidente Menem conmovió al mundo con su salto mortal. Y no cayó de pie, como los profesionales del alambre, sino de rodillas. Fanático de todos los deportes, y en especial del fútbol, el primer mandatario se hizo el autogol más espectacular de su zigzagueante carrera política.

Ya es bastante dramático que en un solo país se propugne una perversión de la justicia, pero más grave es que casi un continente sea invadido por lo injusto. Debe reconocerse que los Videla, Viola, Suárez Mason, Massera, Camps, no están solos; en realidad, gozan de la compañía de Pinochet, de Stroessner y otros de menor renombre internacional, como Gavazzo y Cordero. Si lo de Argentina duele más, es porque fue el único país que, al recuperar la democracia (tal vez como forzada consecuencia del *Nunca Más* propuesto por el dignísimo y corajudo Informe

Sabato), procesó y condenó a los máximos responsables de la tortura y el genocidio organizados. Por cierto que eso no ocurrió en Brasil ni en Uruguay ni en Paraguay ni en Chile. Sólo en Argentina, pero la piedad presidencial eliminó de un plumazo esa honrosa ventaja.

También es cierto que la represión argentina (la famosa "guerra sucia") fue la más cruel, la más inhumana, la más sádica. Quizá valga la pena recordar que entre los recientes indultados figuran el ex almirante Emilio Massera, responsable de que helicópteros arrojaran los cuerpos de las víctimas sobre el océano Atlántico, y también Ramón Camps, alguien que se ha jactado y responsabilizado de cinco mil tumbas "NN". Este directo, impúdico legatario de Herodes también organizó el secuestro y la desaparición de centenares de niños, más tarde adjudicados (al menos, los sobrevivientes) a parejas del exterior o a otros militares argentinos.

La apuesta a la pacificación nacional que, con este oprobio, Menem pretende articular, no tiene sentido. Pocas veces se ha recordado, con tanta acritud, en la Argentina y en el mundo, la inicua biografía de los indultados. La semana anterior, el general (R) Domínguez, fiscal militar, calificó de "perdón sin honra" el concedido a los golpistas de 1976, que luego "violaron la ley, aplicaron métodos indebidos y corrompieron al Ejército". Durante su gobierno, el ex presidente Raúl Alfonsín creó, como explicación de sus propios (y más discretos) perdones, la figura de la "obediencia debida", pero ¿a quién diablos debían obediencia los jefazos ahora agraciados? Lo del "perdón sin honra" parece, después de todo, una denominación puntual; por algo al general (R) Domínguez le costó la cesantía.

Los ex jefes indultados no ignoran que la sociedad argentina se estremeció con la electrizante noticia de su libertad. El odio adormecido volvió a echar chispas. Pero los perdonados tal vez se inspiren en un verso del poeta latino Lucio Accio (170-90 a.C.): "Con tal que teman, que odien" (Oderint dum metuant). Se creen superiores, infalibles, invictos, y en consecuencia el bien ganado odio de la comunidad los reconforta, les templa el ánimo, les afila los dientes.

A pesar del irrestricto apoyo que siempre obtuvieron de la Iglesia argentina, poco favor le hacen a Dios estos militares tan devotos, a menos que su mística se ejerza a través de Moloc, divinidad de los amonitas que prefería los sacrificios de niños. Ahora que Ramón Camps ha sido liberado, conviene recordar que los niños desaparecidos no eran subversivos ni clandestinos ni combatientes ni guerrilleros. Eran simplemente niños. Sin embargo, no están. Si fueron asesinados, ese crimen no es ni siquiera político, es lisa y llanamente crimen. Si en cambio fueron asignados a otras parejas, sería pura y simplemente despojo. A pesar del tiempo transcurrido, una y otra vez el tema de los niños desaparecidos vuelve a irrumpir en escena como una implacable acusación. En realidad, constituyen una imagen tan universal e intocable que nadie puede permanecer ajeno a semejante colmo de crueldad. El ominoso silencio que pende aún sobre los centenares de niños no regresados

123

constituye el lado más escalofriante de esta historia letal.

No obstante, el controvertido perdón de Menem ha dejado insatisfechos a sus insaciables destinatarios. Ahora reclaman la gratitud social. Perdón sin monumento no es perdón. Ahora bien, ¿alguien encontraría admisible que pidiéramos a los judíos la glorificación de Eichman o a los franceses la exaltación de Barbie? El pesado alcance de esta turbia faena no termina hoy. La amarga sensación de impunidad que la decisión presidencial ha desencadenado puede inferir un daño irreparable a la juventud argentina. La consideración que Menem ha tenido con los máximos responsables de treinta mil muertes y desapariciones, de incontables torturas y vejámenes, se convierte en una inconmensurable falta de respeto hacia la sociedad que lo eligió presidente y creyó en sus reiteradas promesas de justicia. "El indulto me lo banco yo solo", dijo con su habitual y trágico desparpajo el Presidente, pero la realidad es otra: quien verdaderamente lo "banca" es el desalentado pueblo argentino.

El indulto no estimula ninguna reconciliación. Simplemente instala otra vez el miedo; y no porque el ciudadano crea que Videla, Viola, Camps, *et al* vayan a encabezar nuevos motines. Es obvio que en la tradición militar, quien no manda tropas queda fuera del juego, y fuera del juego están, muy a pesar suyo, Videla con sus ojos de témpano, Massera con su mueca de sarcasmo, Viola con su añoranza del horror, Camps con su paisaje de tumbas "NN". El perdón del crimen reactualiza el crimen. El miedo puede propagarse y hasta abarcar a la sociedad completa, pero el miedo nunca es democrático. Cúando la democracia se inunda de miedo, es porque algo o alguien la carcome; es porque subsisten brotes endémicos de autoritarismo (y por tanto de antidemocracia). Ni el miedo ni el olvido son democráticos. Por algo Borges, que vivió etapas de increíble deslumbramiento ante los sables, dejó sin embargo esta cita que es casi una revelación: "Sólo una cosa no hay. Es el olvido". Es extraño que, a esta altura, el presidente argentino no haya aprendido aún que amnistía no es amnesia.

Es posible que el ex general Videla (hombre de comunión y vilipendio diarios) y sus colegas de perdón logren la comprensión de su Iglesia cómplice y hasta el aval antimarxista del papa Wojtyla (dejemos por ahora a Dios fuera de este *imbroglio*), pero lo que sí es seguro es que jamás obtendrán el indulto de la historia. En los primeros días hábiles posteriores a su libertad, tanto Massera como Videla concurrieron a oficinas públicas para renovar sus permisos de conducir (no a los pueblos sino a sus coches) y fueron unánimemente abucheados, y de paso insultados, por el público. (Por algo los griegos, que todo lo saben acerca de liturgias y condenas, decidieron no indultar a los coroneles de la dictadura 1967-1974). En la memoria del pueblo argentino y de toda América Latina, estos depredadores de la dignidad, estos hierofantes de la muerte, cumplirán inexorablemente su condena en la cárcel del desprecio, que seguramente .

no será tan placentera como los chalets en
que padecieron sus cinco años de confortable
"martirio".

(1991)

NOSTALGIA DEL PRESENTE

Entre el intelectual y el mundo que lo envuelve o asedia, siempre ha existido una relación móvil, cuando no errática. No obstante, y a pesar de balanceos y estremecimientos varios, si se examinan con atención uno o varios fragmentos de siglo, es posible detectar cadencias aproximadamente cíclicas, que van desde la prescindencia al compromiso, o también desde el arraigo a la evasión, con sendas viceversas.

Según todo parece indicar, ahora estamos recorriendo la etapa que incluye el descrédito del compromiso y la rentabilidad de la indiferencia. Hay sin embargo un matiz que quizá caracterice este sorprendente fin de siglo: existe una marcada tendencia a culpabilizar al intelectual (ese opinante en singular) por las calamidades sufridas en plural. Lo curioso es que a veces son intelectuales (desde James Petras a Octavio Paz) quienes se encargan de incoar el expediente del desahucio. El politólogo norteamericano, izquierdista *sui géneris*, escribió extensa y críticamente sobre "el pecado de los intelectuales de Occidente", en tanto que el poeta mexicano, poco antes de que le fuera concedido el Nobel, aplicó su durísima evaluación a los colegas latinoamericanos, de quienes llegó a decir (en El Escorial, julio 1990): "La labor de los intelectuales de América Latina ha sido, en general, catastrófica". El tajante juicio se basaba, según aclaró posteriormente, en que hemos defendido posturas políticas que luego fueron derrotadas. La historia ha enseñado, empero, que la verdad no suele estar forzosamente del lado de los victoriosos. No hace mucho Jorge Edwards descubría dos citas de Unamuno que vienen al caso: "Vencer no es convencer (...) Conquistar no es convertir".

Es indudable que hoy sería bien visto que nos arrepintiéramos individual y colectivamente de haber bregado por una justa distribución de la riqueza en cada uno de nuestros países. Borrón y cuenta nueva, es la consigna. Y si el borrón es grande y la cuenta está henchida, mejor aún. Así pues, y de acuerdo con los diagnósticos en boga, tendríamos que concluir que el desastre global del subcontinente no se debe a las torturas, secuestros, desapariciones, asesinatos, perpetrados por las fuerzas represivas del Cono Sur; ni a las tradicionales incursiones de los "marines"; ni a los intereses leoninos de la Deuda Externa ni a las conminatorias cartas de intención del Fondo Monetario. No, todo ese descalabro se debe a la "catastrófica" postura de los intelectuales que se negaron a integrar el coro celebrante.

Ahora bien, si los escritores y poetas, si los sociólogos y economistas de América Latina somos la "catástrofe", ¿qué denominación corresponderá a quienes perpetraron treinta mil desapariciones en Argentina? ¿Ante quién o quiénes deberíamos arrodillarnos para solicitar perdón por nuestras aspiraciones de justicia o nuestras denuncias de torturas? ¿Ante Videla? ¿Ante Pinochet? ¿Ante los invasores de Santo Domingo, de Granada, de Panamá? ¿O tal vez ante los intelectuales domesticados (que los hay, no faltaba más) que practican eso que el italiano Giordano Bruno Guerri denomina la "cultura del silencio"?

No sé si se deberá a la falta de costumbre, o a la natural oxidación de las bisagras, pero lo cierto es que las rodillas veteranas no consienten esas dobladuras y/o dobleces. No es imposible que los presupuestos éticos pasen a ser reliquias de museo, pero de todas maneras serán un dato indispensable para entender cómo se movía la historia antes de su óbito tan publicitado.

Hace varios lustros escribió el novelista argentino Juan José Saer: "La literatura es trágica (...) porque recomienza continuamente, entera, poniendo en suspenso todos los datos del mundo". Hoy que nos agobian los datos nuevos, habrá sin duda que ponerlos en suspenso. No precipitándonos; no como·lo han hecho los desencantados ciudadanos del Este antes de caer en los brazos de un nuevo desencanto. Por lo pronto, ya han aparecido ciertos ex nostálgicos del futuro, de pronto convertidos en nostálgicos del pasado. Y eso tampoco es edificante, porque el pasado incluía, junto a innegables conquistas sociales, un aberrante ejercicio de autoritarismo y una carencia de democracia interna. Tal vez ha llegado la hora de acomodar reflexivamente el cuerpo (y el alma, si no está en pena) a la nostalgia del presente; después de todo es la única que está a nuestro alcance. Nostalgia de un presente que desearíamos tener y no tenemos.

Pero basta de mirarnos el ombligo intelectual. El conflicto es mucho más amplio, y, si enfoca circunstancialmente al intelectual y al artista, es porque sus posturas toman a veces estado público y en consecuencia pueden generar aprobaciones y repulsas. Pero lo cierto es que la encrucijada involucra a pueblos enteros y por supuesto a las izquierdas. Que, para su mal, son varias, cada una con su librito, en tanto que la derecha es virtualmente una, claro que con dos libros: la Biblia (muy mal leída) y el de Caja.

Después de todo ¿qué nos deparará el Nuevo Orden Internacional, que es el del capitalismo? Salvaje o no (el único que conoce al dedillo la diferencia es el papa Wojtyla, bien asesorado en su momento por monseñor Marcinkus el "banquero de Dios"), ese capitalismo hegemónico ha sido definido por el filósofo Cornelius Castoriadis como "un sistema que está destruyendo el planeta, al ser mismo. Nos está transformando en una máquina de consumo, en individuos que invierten su vida en lo que yo llamaría una masturbación televisiva, y lo que es más grave, una masturbación sin orgasmo".

Uno de los datos del mundo que más méritos ha hecho para que lo pongamos en suspenso es la versión paradisíaca del *welfare state* o estado del bienestar. No en balde el ochenta por ciento de las noticias, datos y comentarios que circulan en el mundo tienen como canales de difusión dos o tres agencias norteamericanas o sus filiales. Gracias a ellas hemos tomado conciencia de que en los países del Este no había libertad de prensa ni de migración; que existía una *nomenklatura* viciada por privilegios y corrupciones; que había presos de conciencia, penas de muerte, etc.

No hay en cambio la misma detallada información sobre ciertos rasgos que caracterizan la vida social en países (centrales o periféricos) del capitalismo real. Por ejemplo, las poblaciones marginales (favelas, casas brujas, cantegriles, poblaciones callampa, ranchos, pueblos jóvenes, etc.); el altísimo índice de mortalidad infantil; la plaga del narcotráfico; la mendicidad multitudinaria; el asesinato organizado de niños-mendigos; el secuestro de niños para comercializar sus órganos; los comandos parapoliciales y paramilitares que siembran el terror; también, como en el Este, la corrupción administrativa, pero en cifras escalofriantes que involucran a connotadas figuras de gobierno; la discriminación racial, cada vez más despiadada, ya no sólo en Estados Unidos o en Sudáfrica, donde casi es una seña de identidad, sino también en varios países de la Comunidad Europea; la violencia como expresión cotidiana, poco menos que rutinaria; la delincuencia que asola las calles y las noches.

En el socialismo real las carencias, los errores, los disparates y hasta ciertas fechorías, tenían un carácter en cierto modo primitivo, rudimentario; en el capitalismo real todo es más científico, más sofisticado, pero también más despiadado. Concluido (al menos, en apariencia) el conflicto Este-Oeste, dolorosamente acrecentadas las desigualdades Norte-Sur, ahora, y a pesar del rápido desenlace de la Guerra del Golfo, la ciega intransigencia del fundamentalismo islámico se enfrenta al otro fundamentalismo, no menos fanático: el del confort, acaso la más extendida religión de Occidente. "El mercado es nuestro dios y el confort es su profeta", podrían orar a dúo Milton Friedman y Henry Kissinger, durante su ramadán privado, en la Gran Mezquita de Wall Street.

¿Qué queda para las izquierdas en este mundo donde todos se desviven por ser centristas? En primer término, extraernos de la derrota y no olvidarnos de dejar en el fondo de ese pozo los dogmatismos, los esquemas, las rígidas estructuras que impidieron nuestro desarrollo y atrofiaron nuestros radares. Análisis no es obligatoriamente contrición. Después de todo, es preferible haberse equivocado en medio de la brega por la justicia, que haber acertado en la lisonja del Imperio. La verdad es que queda mucho, muchísimo por hacer; seguramente con otros métodos y argumentos, pero con la herramienta de siempre, que es el hombre.

Cuando sentimos nostalgia del presente, del verdadero presente que merece la humanidad, sabemos que ahí no tienen cabida quienes lo falsean. Hoy nos hallamos frente a un presente adulterado, apócrifo; más por debajo del mismo llega a vislumbrarse eso que en pintura se llama *pentimento*, o sea el cuadro primitivo, original. Nuestra nostalgia se refiere pues a ese *presente-pentimento*, a ese presente que debió ser, y está

132

semi-oculto, cubierto por los barnices capitalistas, liberales, socialdemócratas.

Lillian Hellman, cuando se rescató a sí misma de la pesadilla del macartismo, escribió: "El liberalismo perdió para mí su credibilidad. Creo que lo he sustituido por algo muy privado, algo que suelo llamar, a falta de un término más preciso: decencia". ¿No será que la nostalgia del presente es, también, nostalgia de la decencia?

(1991)

LA HIPOCRESIA TERMINAL

El SIDA, plaga espectacular y avasalladora de este agitado epílogo de siglo, tiene un equivalente en el plano político: la hipocresía, flagelo internacional que afecta a gobiernos, cancillerías, politólogos, buena parte de los *mass media* y hasta algunos filósofos e ideólogos del oportunismo. Ambas patologías son altamente contagiosas, pero su diferencia es sustancial: mientras los enfermos de SIDA enfrentan sin esperanza la inminencia de la muerte propia, los afectados de hipocresía terminal suelen encaminarse ansiosa y precipitadamente hacia el poder o tienden a consolidarse en él. ¿Por qué hipocresía *terminal*? Pues porque es la última ocasión para el doble juego. Tras esta mendacidad tan desenfadada, tan impúdica, sólo queda el abismo de la verdad. Tal vez no sea éste el fin de la historia, como quiere Fukuyama, pero sí puede que sea el fin de la hipocresía.

Derruido el muro de Berlín, disuelto el Pacto de Varsovia, abatidas las estatuas de Lenin, desmontada la URSS como unidad política, acorralada Cuba por tirios y troyanos, el mundo político se ha derechizado de un modo vertigino-

134

so y sus sectores más retrógrados cantan victoria (por supuesto, en inglés). Curiosamente, al arrasar con los escrúpulos de imagen de los viejos conservadores, y sintiéndose ahora sí imbatibles de aquí a la eternidad, los vencedores de hoy, borrachos de soberbia, exhiben desembozadamente sus odios y vergüenzas. Arropados por una decisiva porción de los *mass media*, no les importa mostrar sus talones de Aquiles, convencidos de que ninguna postura crítica tendría hoy fuerza suficiente como para sacar partido de sus contradicciones y dobleces.

Tal vez debido a esa descomunal arrogancia, la hipocresía internacional ha cambiado de estilo. Aquella sutileza diplomática en que fueron tan duchos franceses y británicos (los norteamericanos son más burdos), ha dejado paso a un doble, indigno discurso. ¿Se imagina por un momento el lector con qué titulares de espanto habría anunciado la prensa mundial el enterramiento de soldados iraquíes *vivos* en sus pozos de arena si la luctuosa maniobra hubiera sido cometida por abyectas tropas soviéticas en vez de por héroes de la democracia? Pero ya que estos últimos fueron protagonistas, la prensa mundial sólo dedicó al tema alguna modesta columnita interior y no hubo por cierto profusión de editoriales críticos sobre la hazaña impar. "La guerra es siempre un infierno", justificó compungido el Pentágono. Es claro que lo es especialmente cuando uno de los bandos contabiliza 50 muertos y el otro 300 mil.

Hace pocos días, murió en una prisión francesa el tristemente célebre Klaus Barbie, au-

135

tor de incontables crímenes y de haber enviado 40 niños a los campos de exterminio nazis. La mayoría de los diarios publicaron un detallado currículo del personaje. No obstante, el lector medianamente informado echó de menos un dato no despreciable: en época *posterior* a esos crímenes, Barbie fue reclutado por la CIA (que por supuesto conocía su nutrida trayectoria, tal vez juzgada como mérito), en cuyas filas militó un largo período antes de camuflarse en Bolivia bajo otra identidad. ¿Razones de la omisión? ¿Será que a veces también la paz es un infierno?

Después de todo, por qué habrá sido tan execrable (realmente lo fue, pero al menos ya terminó) la ocupación soviética de Afganistán, y en cambio tan disculpable la aún no concluida invasión norteamericana de Granada, Panamá, y *last but not least,* Guantánamo, zona cubana ocupada por Estados Unidos desde 1903.

Por otra parte ¿no representará un doble discurso la denodada campaña vaticana contra el aborto y su escasa preocupación por los cuarenta mil niños que diariamente mueren de hambre en el Tercer Mundo? ¿Cabría interpretar que los niños ya nacidos son menos dignos de protección y defensa que los que aún no nacieron? ¿O estaremos a las puertas de un *neopaganismo del feto*? ¿No será una muestra de falacia eclesial la aseveración del papa Wojtyla, durante un reciente viaje a la Polonia de sus amores, de que el aborto es un crimen mayor que el genocidio nazi o la destrucción atómica de Hiroshima? También en la difusión y consideración de este original e inesperado exabrupto, los medios hicieron gala de una discreción verdaderamente ejemplar.

Obviamente, los crímenes de Stalin, de Beria o de Ceaucescu son indefendibles, pero ¿acaso el juicio lapidario sobre esos siniestros personajes autoriza que borremos de un plumazo a todos los comunistas que murieron luchando contra los nazis? ¿O por ventura Hitler resulta hoy más defendible que Ceaucescu? Esta última interrogante es menos descabellada de lo que parece, si se tienen en cuenta los brotes generalizados de racismo que tienen lugar en toda Europa. Gitanos, turcos, africanos, magrebíes, albaneses, kurdos, etc., son agredidos, insultados, expulsados. ¿Acaso no se detecta en la propia España una flagrante contradicción entre los brazos abiertos hacia América Latina en los discursos del Quinto Centenario y las puertas cerradas de la Ley de Extranjería? Personajes tan conspicuos como Le Pen, Chirac o Giscard d'Estaing, han advertido a Europa que será invadida por indeseables extranjeros, que, para mayor *inri*, son de otro grupo sanguíneo. Ay, que así empezó el bueno de Adolfo. Si así vamos, no sería de extrañar que en España la denostada invasión de *sudacas* sea reemplazada a corto plazo por la de *nordacas* (el exacto término se lo debemos a Haro Tecglen).

Es indudable que el *socialismo real* fracasó en sus respuestas, pero las preguntas no sólo siguen pendientes sino que la actual situación del mundo las hace más acuciantes. Está claro que la democracia es el más aceptable de los sistemas políticos hasta ahora descubiertos, pero ma-

137

lo sería que creyésemos (o simulásemos creer) que no necesita urgentes mejoras y transformaciones, incluida alguna *glasnost* que le sobre a Gorbachov.

Después de todo, ¿qué es más relevante en el Brasil actual? ¿La normal actividad parlamentaria o los millares de niños mendigos que son asesinados por grupos de choque? ¿No debería el Parlamento brasileño señalarse como tarea prioritaria una eficacia social que impidiera esa ignominia? ¿Qué es más útil al pueblo cubano? ¿La aceptación de diversos partidos o el bajísimo índice de mortalidad infantil? No hay que olvidar que Cuba tuvo largos períodos de pluripartidismo, durante los cuales los niños morían como moscas. Es claro que todo andaría mejor, en cualquier parte, con la real vigencia de un sistema democrático, pero no hay que olvidar, cuando se formulan reclamos desde lejos, el pasado de cada país, la experiencia (vivida y sufrida) que de algún modo condiciona el presente.

Hoy, pese a los cambios habidos, subsisten, además de Cuba, países declaradamente comunistas como Vietnam, Corea del Norte o China. Sin embargo, ninguno de ellos es acribillado a diario con la inquina que se dedica a Cuba. ¿Cómo puede pretenderse que un país lleve a cabo los cambios que seguramente necesita, si desde el exterior sólo llegan amenazas, bloqueos, agravios, deformación de noticias, intimidaciones, cortes de petróleo, chantajes económicos?

El capitalismo real proporciona libertad de movimiento, libertad de prensa, libertad de mercado y otras libertades. En cambio ha fracasado en la solución de otros rubros no menos importantes: consumo de drogas, paro laboral, mendicidad, economías sumergidas, desigualdad de oportunidades, desempleo de profesionales, crisis de vivienda, xenofobia, racismo, torturas policiales, corrupción generalizada, violencia *urbi et orbi*. Aun los países desarrollados, en su mayoría, adolecen de esas taras congénitas. De modo que ni es oro todo lo que reluce, ni el capitalismo real debería ser un paradigma para los pueblos del Tercer Mundo. Cuando la impresionante propaganda que Occidente hace de sus eventuales virtudes seduce por fin a turcos, camerunenses, marroquíes, y unos y otros, si logran sortear las infinitas trabas legales, se incorporan, casi siempre clandestinamente, al mercado de trabajo, comprueban por fin que en el *paraíso* tan añorado serán siempre entes marginales, cuando no fantasmas mendicantes.

Hay sin duda una lección a extraer, al menos para los países de América Latina. Nada hay que esperar del Primer Mundo. Ni los Estados Unidos, ni tampoco la Comunidad Europea, tienen verdadera voluntad de ayuda. Japón es, como siempre, un enigma, pero no se puede confiar en los enigmas. Frente a la hipocresía terminal del capitalismo hegemónico, América Latina debería inaugurar una franqueza primaria y reconocer su esencial pobreza. Sin quejumbres ni marrullerías; sencillamente, con imaginación (una de sus riquezas naturales) y con realismo. José Gervasio Artigas, héroe máximo de mi país, dijo a comienzos del siglo pasado:

"Nada tenemos que esperar sino de nosotros mismos". Hoy la frase sale del mármol con una vigencia estrememecedora.

(1991)

LOS DOS CAPITALISMOS

La caída del socialismo real se produjo a
una velocidad tan inusitada, que halló desprevenido a todo el mundo: a las izquierdas en primer
término, pero también a las derechas, que no podían creer en esa milagrosa victoria por *walk over*.
A estas últimas, empero, la consiguiente euforia
les ha hecho prescindir de ciertas cautelas que algunos de sus líderes históricos (digamos Churchill, De Gaulle) no descuidaban a la hora de
convencer a la opinión pública internacional de
la sólida o frágil bondad de sus intenciones. Hoy,
en cambio, Bush le disputa al papa Wojtyla el
privilegio de la infalibilidad, y si a comienzos del
siglo V, San Agustín hizo famosa su frase: "Roma
ha hablado, la discusión ha terminado", en las
postrimerías del XX, y a partir de la Guerra del
Golfo, los socios de la OTAN saben (aunque el
pundonor comarcal les impida admitirlo) que
donde antes se leía *Roma*, ahora debe leerse *El
Pentágono*.

Es cierto que el *socialismo real* fracasó en
Europa, pero es no menos cierto (y no soy el primero en afirmarlo) que en América Latina lo que
ha fracasado es el *capitalismo real*. Salvo Cuba,

con su socialismo bloqueado, o Nicaragua, con su revolución invadida, los países latinoamericanos no se han atrevido siquiera a insinuar una alternativa al capitalismo salvaje de Estados Unidos. O sea, que desde mucho antes de la caída del muro de Berlín, el capitalismo norteamericano ha sido y sigue siendo el paradigma impuesto, la fórmula dominante en la región.

Por lo tanto, en América Latina, no es necesaria una *glasnost* para comprobar que, debido a la aplicación masiva de esa receta autoritaria y excluyente, los resultados han sido más bien miserables. Sin embargo, no cabe responsabilizar al marxismo de secuelas sociales tan poco alentadoras como las poblaciones marginales (*favelas, callampas, villas miseria, cantegriles,* etcétera), los altos índices de mortalidad infantil, la deficiente atención a la salud pública, los secuestros y asesinatos de niños mendigos, el creciente abismo entre los acaudalados y los menesterosos, las trágicas derivaciones del apoyo económico y logístico de Washington a las (Reagan *dixit*) "dictaduras amigas", las decenas de miles de desaparecidos, las invasiones aún no concluidas de Granada y Panamá, la espeluznante Deuda Externa y sus leoninos intereses, la degradación ambiental y el estrago del pulmón amazónico. No fue ningún émulo de Ceaucescu o de Honecker quien nos arrastró a esas desgracias y mezquindades; más bien han sido el capitalismo y sus filiales, a través de la implacabilidad económica y el insolidario pragmatismo. Si la Europa del Este fue el espejo (hoy roto en mil pedazos) del *socialismo real,* la dependiente y

142

sojuzgada América Latina es el vidrio azogado que indeliberadamente refleja la índole del *capitalismo real*.

Hace pocas semanas apareció en Francia un libro del economista y sociólogo Michel Albert, *Capitalisme contre capitalisme* (Editions du Seuil, París, 1991), que ya está provocando encarnizadas polémicas. Conviene aclarar que Albert no es un hombre de izquierda; tras la lectura del libro, no quedan dudas de que su opción es el capitalismo. ¿Pero cuál? Para este autor hay dos capitalismos, que en los próximos años van a protagonizar un implacable enfrentamiento: el modelo *neonorteamericano*, basado en el éxito individual, la ganancia financiera a corto plazo; y lo que él denomina el modelo *renano* (practicado en Alemania, Suiza, el Benelux y el Norte de Europa, y también con algunas variantes, en Japón), que da prioridad al éxito colectivo, el consenso y el objetivo a largo plazo.

Albert sugiere que el primer modelo se consolida en 1980, con la elección casi simultánea de Margaret Thatcher en Inglaterra y de Ronald Reagan en Estados Unidos, especialmente a través de éste último, cuyo lema podría sintetizarse en "reforzar la competitividad de su economía mediante la pauperización del Estado" y sobre todo en "disminuir los impuestos a los ricos y aumentar los que afectan a los pobres". (Agreguemos que en varios países de América Latina, el sometimiento de las burguesías rectoras a la ecuación *reaganista* ha consistido en desgastar y deliberadamente averiar los organismos estatales para poder luego justificar ante la opinión pública la buscada privatización, con la consiguiente erosión de soberanía.)

El economista francés denuncia con ardor (y con justicia) la falta de solidaridad social del modelo *reaganiano*: "Los Estados Unidos (...) consideran las políticas de pleno empleo como un pecado contra el espíritu" y destaca que el único rubro en que se estimula la creación de nuevos puestos de trabajo es el que atañe a "policías privados y guardianes de cualquier índole". Su dictamen final se sintetiza así: "El modelo neonorteamericano sacrifica deliberadamente el futuro en beneficio del presente".

Ante esa turbadora perspectiva, Albert teme que lo que él llama *euroesclerosis* y *europesimismo* representen un caldo de cultivo para las tesis de Reagan-Thatcher y de sus aprovechados discípulos Bush-Major. Y puede que algo de razón le asista en su aprensión europea (digamos, en su *euroalerta*) cuando vemos a la Rusia de Yeltsin haciendo largas colas ante los Mac Donald's; a Lech Walesa convertido en portavoz de los Chicago Boys, o a la propia España defendiendo a la querida *eñe* con más vigor que a Gibraltar.

Estos enfrentamientos y contradicciones entre los *dos capitalismos* pueden ser muy útiles como esclarecimiento, particularmente ahora, cuando los sectores progresistas del ancho orbe, todavía desconcertados por la eufórica y vertiginosa derechización mundial, aún no han diseñado ni una táctica ni una estrategia que contrarreste ese implacable empuje conservador. Como se sabe, una de las notorias debilidades de la izquierda ha sido siempre su desunión, su escaramuza interior. De modo que no estaría mal, pensando sobre todo en la salud ideológica de la humanidad, que las diversas *derechas* se sacarán sus trapos a relucir; no sólo nos ahorrarían trabajo, sino que pocos osarían descalificarlas, aunque sólo fuera por aquello de que entre fantasmas no se pisan la sábana.

No es improbable, sin embargo, que como respuesta al documentado libro de Michel Albert aparezca, desde la trinchera neonorteamericana, algún análisis crítico sobre el capitalismo *renano*, que por ejemplo ponga en evidencia sus tendencias xenófobas, sus Leyes de Extranjería, sus rebrotes neonazis, sus claves de corrupción, su abandono de la solidaridad, su mixtificación consumista, sus topetazos de racismo, su soberbia primermundista, su náusea hacia el Tercer Mundo, y otros rasgos que en diversos puntos de Europa pervierten la convivencia y la ecuanimidad. Europa todavía no ha aprendido que la legítima paz es *la aceptación del otro,* y que en el caso del Viejo Continente esta verdad debe ser particularmente asumida, ya que Europa está literalmente rodeada de *otros.* Otros que pueden ser negros, magrebíes, sudacas, kurdos, albaneses, gitanos. Y también *nordacas* ¿por qué no? Sólo que éstos no vienen en barcazas clandestinas sino en legales bombarderos; no mendigando trabajo sino exigiendo pleitesía.

En los últimos tiempos es difícil estar al día con las opiniones de otro francés, Régis Debray, cuyas adhesiones y fobias políticas tienen más oscilaciones que la Bolsa, pero hace pocos días leí un texto suyo que me pareció interesante, aunque tal vez hoy mismo el propio Debray opine lo contrario: "Al ideal europeo de la izquierda progresista estadounidense se la ha adelantado la estadounización de la izquierda europea que incorpora con entusiasmo las Cruzadas exteriores de la Casa Blanca".

Esa es, después de todo, una de las causas del pánico existencial de Michel Albert. Es obvio que el Capitalismo II (o sea el *renano*) tiene más en cuenta al ser humano como producto de su medio, su trama social, sus necesidades colectivas; pero todo esto referido casi exclusivamente al ciudadano local. Se echa en falta, sin embargo, una mínima extensión de esa comprensión y esa prodigalidad a los emigrantes que acuden a la Europa de sus sueños, como asidos a una última esperanza. No hace mucho el sacerdote y teólogo suizo Hans Küng, a quien el Vaticano retiró la venia docente por cuestionar la infalibilidad del Papa, acuñó una frase que excede lo religioso: "No hay un Dios nacional sino del mundo". Curiosamente, los más xenófobos, los más racistas del mundo occidental, suelen cobijarse en la Fe, pero me atrevo a dudar de que la Fe autorice a dividir a la humanidad en prójimos de primera y prójimos de segunda. Por lo pronto, no hablaría muy bien del Capitalismo II si con los escombros del Muro de Berlín se empezara a levantar un Muro de Europa que precisamente dejara fuera a los prójimos de segunda.

(1991)

146

NO QUEREMOS SER LIBERADOS

Cuando a Estados Unidos le vienen las fiebres de liberación, en todas partes (y particularmente en el Tercer Mundo) suenan las alarmas. Después de cada una de esas cruzadas, y a la vista de los escombros liberados, los sobrevivientes del salvataje no siempre se muestran agradecidos. Para liberar a Panamá de las garras (afiladas en el pasado por la CIA) del general Noriega, las pragmáticas tropas norteamericanas se vieron dolorosamente obligadas a matar a dos mil panameños, a destruir totalmente el barrio El Chorrillo y prometer al fiel presidente Endara una ayuda financiera y restauradora que aún está por llegar.

Cuando la Unión Soviética y el bloque del Este dejaron de representar el tan anunciado peligro, y los países del ex Pacto de Varsovia se apuraron a liberarse antes de que llegaran los libertadores de siempre, el Departamento de Estado pasó momentos de verdadera angustia al no tener a nadie a quien liberar, pero, afortunadamente para los intereses imperiales, Hussein se acordó de la historia zonal (aunque se olvidó del desenlace de las Malvinas) y se propuso invadir

147

Kuwait, no sin antes avisarle a la embajadora norteamericana en Bagdad que había decidido dar ese mal paso. La diplomática le juró sobre la Biblia que si ello acontecía, su gran nación no iba a intervenir (¿acaso Irak no había sido su aliado contra el satánico Khomeini?); con ese inesperado aval, al futuro "émulo de Hitler" se le acabaron las dudas y se metió en Kuwait. Ante esa brutal agresión, el emir kuwaití Ahmed el Sabah se vio obligado a interrumpir su discreta cuota anual de cien aleccionantes degüellos y buscó urgentemente algún refugio de cinco estrellas. Verdaderamente, un mal paso el de Saddam. Bush respiró tranquilo: ya había algo o alguien a quien liberar. Y Kuwait fue exhaustivamente liberado.

Hoy, ya expulsado el invasor árabe, los kuwaitíes se agregan a la lista de contempladores de escombros propios y quizá valoren cuánto mejor habría sido negociar. El expeditivo general Schwarzkopf quería que la liberación alcanzara también a los kurdos, pero éstos tuvieron la mala idea de empezar a morirse de hambre, de frío, del cólera y de la cólera. En Panamá, las tropas norteamericanas ofrecían seis dólares por cadáver sepultado, pero quizá en esta guerra sucia los cadáveres no alcancen esa cotización.

¿Será que el Nuevo Orden Internacional empieza con un flagrante desorden? ¿Se tratará de un Nuevo Orden o de una *nueva orden*? Por ejemplo: ¡apunten! ¡fuego! o tal vez ¡media vuelta a la derecha! Sin duda esta última orden ha sido obedecida, en diversas naciones, por militares y gobernantes, por conservadores y hasta por socialdemócratas, que también se han replegado en buen orden (internacional).

Sin solución de continuidad, el mundo pasó de la *guerra fría* a la *guerra sucia*. Una mañana, al despertar, nos encontramos con que ya no había Segundo Mundo, ya que había pasado a ser furgón de cola del Primero. Ahora sabemos que el abismo entre el Primer Mundo y el Tercero es cada día mayor, tal vez porque nadie se ha ocupado de proveer esa vacante dejada por el Mundo Dos.

Hay quien dice que el Nuevo Orden Internacional será otro Yalta, pero en aquella denostada reunión hubo por lo menos tres protagonistas, mientras que este nuevo Yalta será un monólogo bushiano (ni siquiera estará la Thatcher para hacer de *partenaire*) o acaso un réquiem por la pobre ONU, creada en 1945 para preservar la paz y limitada hoy a respaldar la guerra. Una de las mayores tristezas de este siglo de imágenes, fue contemplar a Pérez de Cuéllar, Secretario General de la ONU, volando de aquí para allá y viceversa, como recadero de una poderosa nación que durante largos períodos se negó a pagar su obligatoria contribución a la Organización de Naciones Unidas. Es cierto que la ONU es sólo lo que sus miembros quieren que sea, pero esta vez lo decidió el Consejo de Seguridad, que actuó y resolvió (también el veto ha fenecido) como una vergonzante agencia del Departamento de Estado.

Este final de siglo confirma que la tan mentada *pax americana* es apenas un seudónimo de *casus belli*. En los últimos 50 años, a Estados

Unidos nunca le interesó la consolidación de la paz. Su mayor concesión ha sido hasta ahora la *guerra fría*, ya que ésta le permite seguir vendiendo armas, que en definitiva es su industria prioritaria. Cada vez que aparece en el horizonte de la política internacional una propuesta de paz a corto o a largo plazo, los norteamericanos hallan siempre un motivo para liquidarla. Si bien Bréznev y Carter firmaron en 1979 el tratado SALT II, el Congreso norteamericano nunca lo ratificó. Cuando, en plena crisis (todavía no *guerra*) del Golfo, Gorbachov y hasta el aquiescente Mitterrand intentaron presionar para que se siguiera negociando, con el fin de evitar la confrontación armada, Bush rechazó tajantemente el sondeo pacificador y resolvió *ipso facto* la invasión. Esa es la tradición norteamericana, que incluye antecedentes tan reveladores como Hiroshima o el bombardeo de Libia, además de Santo Domingo, Granada, Panamá *e tutti quanti*.

Incluso las palabras Nuevo Orden traen el recuerdo ominoso (y nada casual) de antiguos sinónimos. "Somos los padres del Nuevo Orden", dijo un eufórico Bush. ¿Ah sí? ¿Y los abuelitos? No faltará un mal pensado que traiga a colación el *Ordine Nuovo* de Mussolini y el *Neue Ordnung* de Hitler.

Es obvio que ni los derechos humanos ni la vigencia democrática fueron acicates prioritarios para desencadenar la Tormenta del Desierto. Nada hay menos democrático que los monarcas petroleros del Golfo, amigos entrañables de Estados Unidos que suelen ajusticiar en la plaza pública a ladrones, criminales y ¡adúlteros! Ni siquiera el famoso petróleo fue un motivo tan relevante como se proclama. Sí lo fue la voluntad expresa de mostrar, tanto al Tercer Mundo como a sus viejos y nuevos aliados europeos, que desde ahora el que ordena, invade y dicta la ley, es Estados Unidos y punto. Desaparecido el riesgo de una confrontación más o menos equilibrada con la URSS, todo resulta más fácil en la carrera hegemónica. Si Irak, insistentemente pregonado como el cuarto poder militar del orbe, nada pudo hacer contra las armas supersofisticadas del Pentágono, ¿qué pueden pretender los países pequeños, subdesarrollados, endeudados y hambrientos del Tercer Mundo? El jefe del Estado Mayor Conjunto de las Fuerzas Armadas norteamericanas, general Colin Powell, acaba de anunciar que no descarta una intervención militar estadounidense en El Salvador "si es necesario para defender la libertad". Es decir, que El Salvador puede ser el próximo país a ser liberado. No habrá muchos riesgos. El Salvador, la nación más pequeña de América, sólo tiene 21.000 km² de superficie, de manera que no es probable que el Pentágono necesite, como en el Golfo, el apoyo logístico de 29 países para liberarlo. Estas liberaciones siempre constituyen un buen negocio armamentístico-empresarial: las armas destruyen, las empresas reconstruyen.

Samuel Huntington dijo hace tiempo (lo menciona Bud Flakoll en un reciente reportaje), con sencillo cinismo: "Demasiada democracia es mala". ¿Para quién? ¿No será mala demasiada soberbia? Después de todo, tal vez Hussein haya sido un bárbaro títere que involuntariamente se prestó (trayendo destrucción y muerte a su propio pueblo) a un descomunal ejercicio de soberbia. Poco lúcido, y sobre todo poco líder. Su hipocresía casi vocacional le arrastró a una práctica del ridículo, poco menos que inédita en la historia de las conflagraciones, que le hizo desperdiciar la ocasión de liderazgo que necesitaba el mundo árabe. Su irrefrenable locuacidad le llevó a seguir proclamando su victoria en el mismo instante en que sus tropas retrocedían a grito pelado.

Sólo Bush logró superar a Saddam en hipocresía, palabra clave de esta *guerra sucia*. Por lo pronto, prohibió a la televisión que mostrara cadáveres, no fuera a repetirse el desánimo en cadena que anticipó el desastre de Vietnam. Ergo: lo malo no es matar, sino mostrar cadáveres. La única vez en que perdieron el control de la imagen, cuando el bombardeo al refugio de Bagdad, con mil civiles muertos, trataron de tapar ese traspié publicitario con el increíble cuento de que los muertos eran militares (¿también los ancianos? ¿también los niños?) disfrazados de civiles. Como imaginación, cero en conducta. Como conducta, cero en imaginación.

Para el Tercer Mundo, la combinación *debilitamiento de la Unión Soviética más victoria del Golfo* puede resultar sencillamente aterradora. Lo primero, por la ruptura del equilibrio militar internacional que de algún modo servía para contener las ansias dominadoras de Estados Unidos; lo segundo, porque la soberbia y el menosprecio resultantes de ese triunfo (vaya, vaya: 30 países contra uno), pueden estimular las aventuras imperialistas más descabelladas.

¿Qué hacer? interrogaba premonitoriamente el pobre Lenin. Pues no hay muchas opciones. Se oyen ofertas. Mientras tanto, recémosle al Santo Padre, a Moloc, a Venus Afrodita, a Siva, a Odin, a Zeus, a Baal, a Alá, a Tezcatlipoca y otras conspicuas divinidades, a fin de que, como colectivo, traten de convencer a Bush y a Powell de que no vengan a liberarnos.

(1991)

SE ACABO EL SIMULACRO

El protagonismo del desnudo, parcial o total, ha invadido las playas, la publicidad, el cine, la prensa, la fotografía, la ex pudibunda televisión y hasta las computadoras. Hay sin embargo otros desnudamientos que, más que con el cuerpo humano, tienen relación con el cuerpo social. Es cierto que en los últimos años el *socialismo real* quedó al desnudo. Sin embargo, aunque aún se mantienen los quepis, sotanas y levitas del *capitalismo real*, lo cierto es que también éste va quedando en cueros.

Hasta la crisis de los países del Este, y aun bastante después, el capitalismo no descuidaba su capacidad de seducción y organizaba cuidadosamente sus simulacros. Verbigracia, desde Estados Unidos, o sea desde el sustrato de la discriminación racial, se clamaba increíblemente por los derechos humanos (en otras regiones del mundo, por supuesto); desde su *supermarket* de condenados a muerte (en julio de 1991 había 2.400, sólo en Estados Unidos) exigía clemencia para algunos reos del exterior, seleccionados con criterio político antes que humanitario. Pero Estados Unidos no tiene la exclusividad del simulacro. Desde el Vaticano, por ejemplo, donde está prohibido que sus trabajadores se sindicalicen, el papa Wojtyla se jugó entero, en su momento, por la legalización del sindicato de Lech Walesa. Después de todo, la infalibilidad tiene sus falibilidades.

Por otra parte, desde las cúpulas del narcotráfico, eran (y posiblemente siguen siendo) financiadas algunas deslumbrantes campañas de pudorosos candidatos. Y más aún: desde la vacua retórica de concordia mundial, el Primer Mundo cerraba sus puertas, ventanas y postigos en las oscuras narices del Tercer Mundo.

Eso hasta allí. Pero desde que el Este se mudó al Oeste, aunque el Sur siga siendo Sur, los capitalismos (tanto el salvaje como el refinado) se sienten tan seguros y soberbios, que ya no invierten dinero en simulacros y se despojan de sus costosas máscaras y atavíos. Ahora al Fondo Monetario Internacional ya virtualmente no le importan las otrora famosas *cartas de intención*, firmadas por varias promociones de gobernantes transigentes y serviles. Si quieren firmarlas, pues que las firmen; si no quieren, peor para ellos, (¿ellos seremos *nosotros*?). Lo normal es que entonces el Ministro de Economía, con su más carismática expresión de mala sombra, mal agüero y malas pulgas (males completos, en fin), nos anuncie, en apretada síntesis, el evangelio de desgracias inminentes.

Desnudo integral, pues, sin hoja de parra ni siquiera de trébol. En consecuencia, estamos autorizados a denunciar a grito pelado las seis o siete ejecuciones consumadas en Cuba (aclaro que no las justifico, ya que antes y ahora he sido contrario a la pena de muerte), pero no vayamos a mencionar, Alá no lo permita, a los 757 ejecutados en Irán (¿acaso no es el tradicional enemigo de Saddam Hussein, ese maldito?) ni a las decenas de ahorcados en Arabia Saudita (¿no fue acaso el querido aliado en la guerra del Golfo?) por delitos de robo y/o adulterio. Y si de países comunistas se trata, tampoco denunciemos las 730 ejecuciones llevadas a cabo en China (todas estas cifras pertenecen a 1990), no sea que los chinitos se enojen y el capitalismo occidental deba descartar un mercado de mil millones de potenciales consumidores de chiclets, cocacolas y *ainda mais*. Si se observa cuán bien dispuestas al perdón y al *marketing* se muestran las potencias occidentales frente a las violaciones chinas de los derechos humanos, uno se pregunta si el delito de Cuba será su tozudo marxismo-leninismo o más bien sus escasos diez millones de eventuales consumidores.

Hace pocos días el conocido economista norteamericano John Kenneth Galbraith declaraba en España que "desgraciadamente, la corrupción es inherente al sistema capitalista porque la gente confunde la ética del mercado con la ética propiamente dicha, y el afán de enriquecimiento va unido al capitalismo. Es una de las fallas más graves del sistema". Y esto no lo dice Fidel Castro sino John Kenneth Galbraith. La corrupción se ha convertido en noticia diaria, y, aunque a menudo paguen justos por pecadores, el ciudadano de a pie tiene la impresión de que se trata de un nuevo estilo de la política mundial.

156

La tragedia del anticomunismo (primo hermano del capitalismo) es que se ha quedado huérfano. Huérfano de comunismo. Es como si al cardenal Ratzinger lo dejaran sin Satanás. Así, sin tangible enemigo a la vista, es difícil simular una ética desde la injusticia, desde la explotación, desde el abuso; tres *gracias* que hallaban su justificación cuando eran convocadas para erradicar el Mal, que por supuesto venía de Moscú. Hasta no hace mucho se limitaban a lavarnos el cerebro; ahora, sin que hayan clausurado esa lavandería, han ampliado el negocio para llevar a cabo una tarea adicional que Osvaldo Bayer ha llamado con acierto "el práctico oficio de lavar la conciencia".

La conciencia, "esa propiedad del espíritu humano de reconocerse en sus atributos esenciales", es ahora el territorio a someter, a invadir, a conquistar. La conciencia viene a ser el Irak del 92. De ahí la educación para el olvido; de ahí el incesante bombardeo del ruido y de la imagen; de ahí la amputación del ocio reflexivo y creador. Trabajar incansablemente, ininterrumpidamente (los japoneses son especialistas en la organización del agobio), a fin de que no quede espacio para el raciocinio, para la duda, para el goce del sentimiento, para el adiestramiento de la sensibilidad, para la profundización de la cultura, y también, por qué no, para la expansión lúdica.

Los posmodernistas de segunda mano, que creen o simulan creer que la asunción del presente se arregla con negar el pasado y no prever el futuro, deberían leer de vez en cuando a ciertos patriarcas del posmodernismo, digamos

Baudrillard y Lyotard. Dice el primero que el objetivo de la información "es el consenso, mediante encefalograma plano. Someter a todo el mundo a la recepción incondicional del simulacro retransmitido por las ondas. (...) Lo que resulta de ello es una atmósfera irrespirable de decepción y de estupidez". Y dice el segundo: "La clase dirigente es y será cada vez más la de los *decididores*".

O sea que el lavado de conciencias tiende progresivamente a quitarnos participación, a que nos conformemos con la "recepción del simulacro", a dejar a nuestras vidas y nuestras muertes cada vez más en manos de los *decididores*: clase por encima de las clases, e incluso de los Estados-naciones y los partidos, es una franja sin publicidad y casi anónima, que programará a sus autómatas (tanto los de acero inoxidable como los de carne y hueso) y que estará formada por individuos, representativos de intereses inapelables pero no de los pueblos a programar. La casi clandestina pero omnipotente Comisión Trilateral, que, al menos en sus comienzos, no estuvo integrada por gobernantes en ejercicio sino por futuros hombres de gobierno, fue probablemente el primer borrador de ese clan de *decididores*.

En los próximos años, a escala nacional e internacional, será en consecuencia importante, y hasta decisivo para el futuro de la humanidad, que los pueblos (o la porción más alertada de los mismos) se resistan a ese lavado de conciencia que también incluye el estrago de la memoria, tanto individual como colectiva. Habrá entonces que volver a los valores éticos, esos que están en la raíz profunda de la conducta humana.

En un momento como el actual en que todas las ideologías (no sólo el marxismo) están en cuarentena, tal vez sea preciso aferrarse a conceptos más primarios, que sirvan como común denominador y no como factores de caos y dispersión. Opinan los apresurados exquisitos que las grandes utopías ya no tienen vigencia. Ah, pero ¿y las pequeñas utopías? Aunque todavía suene extraño, lo cierto es que la simple, modesta decencia ha pasado a convertirse en utopía. Sólo falta hacerla crecer, arrimarle verosimilitud, implantarla en la conciencia social y no dejarla que la envíen, para su lavado y planchado, a la más próxima tintorería ideológica.

(1992)

EL INVASOR INVADIDO

Estados Unidos es la nación que ha protagonizado más invasiones en la historia de la humanidad. En su libro *To serve the devil* (Vintage Books, Nueva York, 1971), los norteamericanos Paul Jacobs y Saul Landau contabilizaron 169 invasiones o intervenciones (la mitad corresponde a países latinoamericanos) efectuadas por Estados Unidos entre 1798 y 1945. Ni sumando las protagonizadas por Alejandro Magno, Gengis Khan, Cortés, Pizarro, Hitler y Stalin, es posible igualar esa marca digna del *Guinness*.

Es obvio que después de 1945 las invasiones continuaron (Vietnam, República Dominicana, Granada, Panamá, etcétera). Frecuentemente, la operación depredadora se amparó en un lema implícito: invadir para no ser invadidos. Esa simulada paranoia llegó al extremo de producir una película en la que los Estados Unidos eran invadidos ¡por los sandinistas! (Lo cierto es que entre 1885 y 1926, no en la pantalla sino en la realidad, Nicaragua fue invadida cuatro veces por los *marines* norteamericanos.)

Por supuesto, las invasiones de los célebres *marines* siempre han tenido como objetivo favorito el Tercer Mundo. Lo sorprendente es que hasta ahora los norteamericanos no advirtieran que albergaban, dentro de sus fronteras, a más de 70 millones de tercermundistas. Los recientes episodios de Los Angeles les han suministrado, de modo contundente, esa información. Y aunque la violencia desatada en la segunda ciudad de Estados Unidos haya provocado medio centenar de muertos y una importante destrucción de inmuebles y bienes materiales, toda esa catástrofe no es de ningún modo comparable con la perpetrada en Panamá, donde, para apoderarse de un solo hombre que les molestaba (el general Noriega, connotado *servitore di due padroni*), las tropas norteamericanas provocaron más de dos mil muertes y la destrucción total de barriadas populares (las zonas residenciales quedaron intactas).

Así pues, de buenas a primeras, el célebre *Welfare State* o estado del bienestar, se dio de narices con el estado del malestar, una patología que parecía propia del Tercer Mundo. La sociedad blanca, que desde el parvulario fue aleccionada para la soberbia y la autosatisfacción, y sobre todo para ver la paja en el ojo ajeno, se encontró de pronto con la viga en el propio.

Es claro que hubo un pelín de mala suerte, ya que palizas como la propinada al joven negro Rodney King por una tropilla de policías blancos, debe ser una calistenia poco menos que cotidiana en un medio que practica una variante más hipócrita, aunque menos espectacular, del *apartheid*. La diferencia entre esta tunda y las de siempre reside en que la sufrida por King fue filmada directamente por un providencial aficionado y que esas imágenes recorrieron el mundo. Por eso mismo, el hecho de que un jurado, del que no formó parte ni un solo negro, absolviera al colectivo de agresores, tuvo una repercusión insólita. El mundo entero se sintió agredido y, lo que es más relevante, exhumó la nómina de antiguos ultrajes.

Seguramente, de no haber existido el video acusador, y aunque el fallo del jurado hubiera sido el mismo, la población negra (ayudada por la *hispana*) de Los Angeles no se habría atrevido a volcar en las calles, de un modo tan espontáneo, violento y caótico, sus antiguos y justificados rencores. Es probable que los negros hayan intuido que la difusión mundial del incidente los protegía y hasta podía llegar a justificarlos. El fallo judicial se convertía así en una injusticia tan flagrante y ominosa, que ni siquiera el presidente Bush ni el candidato Clinton se atrevieron a defender a los absueltos.

En ausencia de argumentos, el Presidente envió tropas a la zona de la vindicta, al parecer las mismas (o semejantes) brigadas que no vacilaron en enterrar vivos en las arenas del desierto a miles de abatidos soldados iraquíes, sin que los acrisolados demócratas del Mundo Libre pusieran el grito en el cielo ante el profiláctico desenlace.

Frente a tal medida gubernamental, los desmanes se apagaron, al menos transitoriamente, y los veteranos del Golfo no tuvieron ocasión de enterrar vivo a nadie. Pero a partir de esas dos o tres noches de alucinación y espanto, la

poderosa nación ya no será la misma. Al menos
se sabrá vulnerable, ya no debido a supuestas invasiones concebidas extramuros y protagonizadas por rusos (cuando eran soviéticos) o sandinistas (cuando eran gobierno); ahora les consta
que las invasiones pueden generarse intramuros.

En pocas horas la ciudad de Los Angeles
ha sufrido dos invasiones: una, la de los negros
turbulentos y coléricos, y otra, la de las tropas fe-
derales. Ojalá que este vuelco histórico signifique que Estados Unidos, tal vez un poco hastia-
do de estar siempre invadiendo a otros, haya
decidido invadirse a sí mismo. La verdad es que,
de producirse esa formidable enmienda, el sus-
piro de alivio sería universal.

(1992)

ESA VIEJA COSTUMBRE DE SENTIR

En las viejas décadas de este siglo revuelto han ocurrido relevantes hallazgos, mutaciones, rupturas, vaivenes. Cualquier interesado en el tema podría hacer la lista; yo también, pero no quiero cansar al lector con una nómina de señales que la prensa exhibe diariamente en sus titulares. Sin embargo, se han producido otras alteraciones, menos espectaculares, ya no entre poder y poder, o entre invasor e invadido, sino entre prójimo y prójimo. Como extraña derivación de tales reajustes, los sentimientos están pasando a la clandestinidad. La violencia como abrumadora propuesta de los medios audiovisuales; la desaforada obsesión del consumismo y la inescrupulosa persecución del sacrosanto *status*; el fundamentalismo del confort; la plaga universal de la corrupción; la represión ilegal, y la otra, la autorizada; la antigua brecha, hoy convertida en profundo abismo, entre acaudalados y menesterosos; todo ello conforma un azote colectivo que castiga las emociones, cuando no las expulsa, las exilia. Acorralados y escarnecidos, los sentimientos pasan a la clandestinidad. A veces hay que esconderse para ejercer o recibir la solidaridad.

Por otra parte, el virus antisentimental se ha transmitido a las artes y las letras. En más de un país pueden detectarse posturas de cierta crítica que no soporta la aparición o exteriorización del sentimiento. Poseedores de un recién incorporado *scanner* llamado Kundera, lo deslizan por los altozanos y planicies de cada nuevo libro o nueva canción o nuevo drama, y cuando tropiezan con algún sentimiento rezagado o que aún no ha pasado a la clandestinidad, se atropellan y no dan abasto para etiquetarlo como *kitsch*, palabra importada del alemán que significa cursi, vulgar, chabacano, de mal gusto, y otras linduras. A veces uno tiene la impresión de que algunos reseñadores culturales sólo están preparados para buscar y detectar lo *kitsch* (les parece demasiado vulgar decir *vulgar*). No es que no estén capacitados para *sentir*, pero quizá se lo oculten a sí mismos para no morirse de vergüenza. Curiosamente, estos fanáticos de Bukowski, sus borracheras, sus eructos en televisión y su sexo explícito, suelen ignorar olímpicamente a Henry Miller, quien también se emborrachaba y fornicaba explícitamente, pero lograba meter todo eso en un clima de poesía, casi de misticismo, y así elevaba su realismo sucio *avant-la-lettre* a la categoría de arte universal.

En este *hoy* agobiante, la agresión al sentimiento comienza desde la infancia. Hace sesenta o setenta años, y antes aún, los niños leían a Verne, a Salgari, los más precoces a Dumas, pero también se entusiasmaban con un libro mucho más ingenuo, *Cuore* (Corazón), del italiano Edmondo de Amicis (1846-1908), a quien Benedetto Croce calificó de "non artista puro, ma scrittore moralista". Es posible que ahora, resecos por mezquindades y laceraciones varias, juzguemos aquella obra como sensiblera, pero lo cierto es que en las infancias de varias generaciones cumplió una función no despreciable: *enseñó a sentir.* Aun considerando las blanduras y compunciones de "Il piccolo scrivano fiorentino", "Sangue romagnolo" o "Dagli Appennini alle Ande" y otros relatos de *Cuore,* ¿no constituía aquel libro una "educación sentimental" menos desalmada que los monstruos extraterrestres, los pistoleros galáxicos o las ametralladoras de rayos cósmicos, que hoy pueblan las jugueterías, los árboles navideños y las pesadillas infantiles?

La vieja historia, cuyo final es anunciado con tanta soberbia por un reputado nipoyanqui, ¿quedará paralizada en este cruce de violencias? Mientras los politólogos intentan responder a esa interrogante, el sentimiento auténtico es desalojado por lo frívolo programado. Aunque los *mass media* y ciertas tiernas élites intelectuales que no se arriesgan a salir de su *ghetto,* incluyan el sentimiento en sus "listas negras", el ser humano tuvo y sigue teniendo necesidad de *sentir.* Lo malo es que si la televisión sólo le brinda un simulacro de sentimientos, él (o más a menudo ella) igualmente se aferran a la pobre imitación. Tal vez fuera útil indagar, sin ánimo encuestador pero sí reflexivo, a qué se debe el actual éxito, en todo el orbe, de las telenovelas o *culebrones.* ¿No será que la gente se está aburriendo de guerras interplanetarias y trasplantes de cerebros asesinos, y aspira a que las imágenes y las peripecias de la pantallita familiar de algún modo apelen a sus sensaciones presentes y no a los improbables fulgores del siglo XXII? Ya que le son birladas las emociones de buena ley, el público se atiene a remedios mediocres, a efusiones de pacotilla.

Si el espectador antes se había conmovido, por ejemplo, con seriales españolas de excelente factura, como *Fortunata y Jacinta* o *Los gozos y las sombras,* ahora su vieja necesidad de sentir lo arrastra a hipnotizarse con *Dallas,* sin duda una bazofia, pero de técnica impecable. Es obvio que en las seriales norteamericanas los pobres no existen. Los pobres no sólo son indeseables en la realidad y en los presupuestos del Estado; lo son asimismo en la televisión. Aunque lo formulen desde una visión clasista, los británicos (vbg. *Los de arriba y los de abajo*) al menos no los ignoran totalmente. Entre los latinoamericanos, Brasil (que es el de mejor nivel profesional) hace sus equilibrios. Los mejores en este rubro quizá sean los australianos, que están produciendo seriales de indudable calidad artística y honesta proyección social. En cambio, en sus equivalentes norteamericanos (*Dallas, Dinastía, Falcon Crest,* etc.), las pasiones, los crímenes, las escenas de cama, las gestas de la hipocresía, ocurren por lo general entre acaudaladas familias que generan su peculiar y suntuosa ley de la selva. La verdad es que, cuando las recibimos en el Tercer Mundo, resultan historias para ser contempladas desde lejos, nunca desde un *palco proscenio* sino desde el *gallinero,* puesto que tales dramas no nos involucran. Se

167

trata de chismes y puteríos, pero de un remoto Walhalla. Aun así, puede ser francamente divertido presenciar cómo héroes y semihéroes, diosas y vicediosas, se traicionan y abofetean, se despanzurran o se inmolan, sin que, por otra parte, nada de ello signifique el final de la trama. ¿Acaso no aparecen, tras el boato de cada funeral, los cuantiosos legados, con sus cruentas batallas anexas, gracias a las cuales pueden prolongarse la expectativa y los consiguientes dividendos mundiales?

Ya no en la televisión sino en la vida monda y lironda, las hecatombes varias de estos años de delirio han generado nuevos prejuicios, xenofobias, discriminaciones, condenas. Haber luchado alguna vez (cercana o remota, poco importa) por la justicia y la distribución decente de la riqueza puede ser hoy una mancha en el currículo del más pintado. Lo cierto es que los sentimientos son incómodos: no caben en la computadora, no pagan impuestos, no convocan multitudes y ya ni siquiera hacen goles. Por otro lado, la televisión enseña a sus mirones a aburrirse de los indigentes y a entretenerse con los espléndidos. Es claro que también los pobres se aburren de su pobreza. Un anónimo humorista uruguayo pergeñó hace poco un chiste tan macabro como verosímil: "El Uruguay no es un país subdesarrollado, sino en vías de subdesarrollo". No obstante, antes de hundirse en ese subdesarrollo y en la insensibilidad programada desde el poder, la gente busca afanosamente *volver a sentir*. El sentimiento es una vieja costumbre y, en el fondo, el hombre y la mujer corrientes no se resignan a perderla.

Para el publicitado y congelante posmodernismo el sentimiento no cuenta; es apenas un insignificante rescoldo del romanticismo. Es claro que para el posmodernismo son tantas las cosas que no cuentan, que el sentimiento es tan sólo un inmolado más. No obstante, en los países "en vías de subdesarrollo", donde el fabuloso consumismo de los sectores privilegiados puede llegar a ser una insultante exhibición para aquellos hombres y mujeres que ni siquiera tienen seguros el techo o la comida, el sentimiento es aún un refugio, una cantera.

En un mundo donde, al decir del cardenal Roger Etchegaray, "el capitalismo se siente debilitado por su propia victoria y busca una ética como nunca lo ha hecho", el sentimiento podría ir saliendo de sus catacumbas, ya que al capitalismo, por más esfuerzos que haga, le va a ser muy difícil encontrar una ética que nunca tuvo. En el pasado (después de Cristo, pero antes de Kundera) el sentimiento representó una fuerza vital, un sostén y un resguardo de la ética. Quizá hoy el sentimiento sólo pueda movilizarse a golpes de utopía. No estaría mal, después de todo. Las utopías, realizadas o no, pero siempre generosas y abiertas, han funcionado muchas veces como sistemas de circulación del sentimiento, y es obvio que el mundo en crisis necesita esa savia.

(1992)

LA VERGÜENZA DE HABER SIDO

La antigua obsesión de Europa, de configurar el mundo a su imagen y semejanza, halló, a partir de la Segunda Guerra Mundial, su primer escollo en el ascenso y consolidación de los Estados Unidos, ya que, evidentemente, éstos tenían un propósito similar. Hoy, cuando la supremacía militar norteamericana compensa de alguna manera el poderío económico de Europa y Japón, la lucha por la imagen sólo ha comenzado.

Japón, pese a su pujanza, se halla al margen de una competencia, que, para su inconmensurable paciencia y visión a largo plazo, es apenas una gresca entre occidentales. Japón no apuesta sus yenes ni sus genes a la conquista de una imagen, cualquiera que sea. Sabe que podrá penetrar mercado tras mercado, pero que nunca podrá "enamorarlos". Occidente fue y será capturado por la perfección de sus aparatos, cámaras fotográficas, automóviles, televisores, videos, etcétera, y hasta los adquirirá masivamente, pero en medio del humo bursátil y la euforia de los *shopping centers*, siempre mantendrá un pestañeo de menosprecio frente a esos pragmáticos sacrificadores del ocio. Europa y Norteamérica no pueden creer que esos ojos rasgados sean capaces de ver más lejos que sus propios ojos redondos, astigmáticos y codiciosos.

Las actuales invasiones (por suerte, sólo mercantiles) japonesas parten de esa desventaja, de su conciencia de ser un país pequeño y frágil. No han olvidado Hiroshima (¿quién podría olvidarlo?) pero su venganza no parte del "ojo por ojo, diente por diente" sino más bien del "costo por costo, cliente por cliente". Ya que no pudieron generar la respuesta militar que merecía la bomba de Hiroshima, decidieron adueñarse del Rockefeller Center y colmar el territorio norteamericano con autitos rendidores y bien diseñados. Algo es algo. Por eso, cuando el presidente Bush regurgita sobre el primer ministro nipón, esa innovación en los estilos diplomáticos quizá pase a la historia como la náusea del despecho.

Ahora bien, en el ámbito de la imagen, hay una zona en la que Estados Unidos y Europa occidental (y en particular sus sectores más reaccionarios) no sólo no se desafían sino que actúan de consuno. Me refiero a la Santa Cruzada contra las izquierdas que en el mundo han sido. Por más que las crisis del Este haya superado sus fantasías más alucinógenas, lo cierto es que al Gran Capital le vino de perillas. La simbólica caída del Muro de Berlín le devolvió al capitalismo la iniciativa ideológica. La izquierda enmudeció y en consecuencia lo que había sido un diálogo entre paradigmas se convirtió en monólogo omnipotente.

En poco tiempo, todas las piezas cambiaron su posición en el tablero. Ante la súbita rea-

171

parición de la xenofóbica ultra derecha y los movimientos neonazis, la derecha tradicional procuró desmarcarse y se llamó a sí misma "centroderecha"; a su vez, al centro no le gustó esa vecindad, y pasó a llamarse "centro izquierda". Los liberales, por su parte, se transformaron en "neoliberales". Todos quieren lucir mejor. Adoptan prefijos moderadores. Cambian de apariencia con fruición y desparpajo. Curiosamente, los ficticios reajustes del *nomenclátor* miran hacia la izquierda. Después de todo, un *leftist look* no queda mal, y a esta altura de la Historia Sagrada nadie quiere ser gorila, ni siquiera orangután.

Sólo cierta izquierda, cuando intenta cambiar, lo hace hacia la derecha. Y ahí sí, el *rightist look* suena a oportunismo. Algunos comunistas ya no se llaman así sino "socialistas", lo que aún mantiene cierta coherencia histórica; pero otros socialistas se autotitulan "socialdemócratas"; y a más de un socialdemócrata se le cae el "social". Sin olvidar a algunos meteoritos que, casi sin dejar estela, se mudan de la ultraizquierda a la ultraderecha.

En realidad, puede comprenderse que los sectores más conservadores quieran parecer liberales, pero ya es más difícil de entender que los de izquierda quieran derechizarse. Si es para conquistar los votos de la reacción, mal encaminados están, ya que la gente conservadora siempre preferirá votar a un partido de derecha antes que a otro de izquierda que se finge conservador. Los recientes retrocesos de socialistas y/o socialdemócratas en Francia, Suecia y Alemania muestran la inutilidad de esos esfuerzos.

172

Por otra parte, debe reconocerse que cada vez es más incómodo ser de izquierdas. Pero también más necesario. La derecha (y su avanzada más difundida: el capitalismo salvaje) tiene siglos de experiencia en el Tercer Mundo, y éste, debido precisamente a esa experiencia, está cada día más pobre, más desnutrido, más inerme, más insalubre, más doliente. Es notorio que el Primer Mundo vive y medra a expensas del Tercero. La prosperidad de europeos y norteamericanos no sólo se basa en sus adelantos tecnológicos, sino también en los salarios miserables y en el analfabetismo de los países pobres.

Si las izquierdas (de todos los Mundos) no se preocupan, en acto de convicción solidaria, por la dignidad y la soberanía de esos pueblos maltrechos e inmolados, ¿quién va a preocuparse? ¿Las inexpugnables transnacionales? ¿Los presidentes tenistas? ¿El Fondo Monetario Internacional? ¿La nueva ONU, filial del Imperio? ¿Juan Pablo II, que contempla la pobreza desde el papamóvil? Y en última instancia ¿quién va a preocuparse de nosotros mismos? Si la humanidad se quedara sin izquierdas, renunciaría a su mejor y casi única posibilidad de cambio, a su raigal vocación de justicia. La onda de un posmodernismo básico propugna un egoísmo frívolo, insustancial, para el que la palabra solidaridad carece de sentido. Las encuestas pregonan que los jóvenes no confían en nadie, que vegetan en el descreimiento. Me niego a aceptar, sin embargo, que se dejen despojar, sin ofrecer resistencia, de un sentimiento tan vital y confortador como es la solidaridad.

173

Una de las metas actuales de la sociedad capitalista es introducir en la izquierda un sentido de culpa de dimensión universal. Que los crímenes de Stalin o el latrocinio de Ceaucescu nos enfanguen a todos. Y además, que junto con el estalinismo caigan algunas leyes sociales (por ejemplo: sobre la mujer, sobre el niño) francamente beneficiosas; que, junto con los dolos de Ceaucescu, sean eliminadas notorias conquistas en salud pública, enseñanza, vivienda. Mediante la prolongación de falsas coordenadas, a los medios capitalistas les sale barato desautorizar toda opinión de izquierda, todo intento de denunciar la injusticia de un sistema. Su objetivo es convertir al hombre progresista en enemigo de su propio pasado, cuando precisamente es en ese pasado donde quizá tuvo lugar la etapa más generosa de su vida.

Un viejo tango nombraba "la vergüenza de haber sido / y el dolor de ya no ser". Hoy esos versos podrían ser un retrato de cierta izquierda vulnerable, desguarnecida, esa que encoge a la primera lluvia. En conclusión: no hay que tener vergüenza de haber sido, y, para no sentir el dolor de ya no ser, lo mejor es seguir siendo. De Izquierda, claro.

(1992)

SOBRE OBSESIONES Y OMISIONES

Al término de la II Cumbre Iberoamericana, el presidente del gobierno español fue el primero en reconocer que los resultados habían sido modestos. Quizá hayan sido modestísimos, tanto para las aspiraciones *pro domo sua* de los mandantes convocados como para las legítimas esperanzas de los pueblos de marras. No por mero azar, el gobierno español reveló con urgencia, pocas horas antes de la llegada de los presidentes mendigos, el alcance de la grave crisis que enfrenta la economía española. El balance era tan doloroso, que no habría chocado que alguien propusiera *sotto voce* hacer una colecta entre los huéspedes de buena voluntad, en beneficio del anfitrión herido.

La verdad es que el ciudadano común de América Latina ha dedicado escasa atención al Quinto Centenario (la Deuda Externa les preocupa bastante más que las carabelas de Colón), pero en cambio los gobernantes aspiraban a obtener alguna porción de la torta colombina. Hay que reconocer que los más ágiles (Brasil y Uruguay) se anticiparon a sus colegas y lograron su tajadita.

Fue una lástima que la segunda jornada se realizara a puertas cerradas, ya que la primera fue muy reveladora acerca de las obsesiones y las omisiones de la II Cumbre. La obsesión fue evidentemente Cuba. A veces parecía que el objetivo de la reunión no era consolidar la unidad iberoamericana, cuyas bases teóricas y retóricas se habían esbozado en Guadalajara, sino sencillamente descalificar, acorralar y humillar a Fidel Castro. Desde la frialdad de los saludos protocolarios hasta la decisión de ubicarlo (en la primera cena) en un extremo de la mesa y nada menos que junto a Endara, connotado Quisling panameño, todo estuvo diseñado para que el presidente cubano se sintiera incómodo y segregado. Juzgada retroactivamente, la I Cumbre había mostrado, en cambio, de parte del gobierno mexicano, un trato bastante más equitativo, y aquella actitud obligó entonces a los demás participantes a respetar las normas impuestas por el país anfitrión.

De todos modos, ya que la meta era hostigar a Cuba, habría sido mucho mejor llamar a las cosas por su nombre real y no en alusión indirecta, ya que, tal como se dio el juego, dio pie a que *toda* la prensa española, cada vez que un participante hablaba de *democracia, derechos humanos, exiliados* o *presos políticos*, diera por sentado que sólo se refería a la actual situación cubana, como si los demás países hubieran sido previa y premeditadamente exculpados de cualquier pecado de lesa democracia.

No obstante, si la sinceridad hubiera sido la pauta de la conferencia y de la repercusión periodística, se podría haber recordado que *presos políticos* hay también en Chile (restos del período de Pinochet, que el gobierno del democristiano Aylwin no se ha atrevido a liberar), Perú, Argentina, Panamá, Guatemala, etcétera, y que al menos los dos últimos países tienen un buen número de exiliados. Al menos los medios de comunicación podrían haber informado que Joaquín Balaguer, otrora incondicional del dictador Trujillo, si en 1966 obtuvo por segunda vez el poder, fue gracias al apoyo de los *marines* norteamericanos. Cuando dedicó su abusivo discurso de 24 minutos (el tiempo marcado para cada participante era de siete) a las vicisitudes de la lengua castellana y lo adornó con citas de varios preclaros, alguien pudo pensar que se había equivocado de cumbre, pero su docta monserga fue quizá una astuta operación de distracción a fin de que nadie le citara a otro escritor, Juan Bosch, primer presidente democráticamente electo en la República Dominicana, a quien el profesor y erudito Balaguer contribuyó a defenestrar.

Alguien podría haber recordado asimismo que Endara fue ungido presidente de Panamá en una base norteamericana de la Zona del Canal, y que avaló, con su entusiasta silencio, la destrucción de barrios panameños por los *marines* de siempre, así como la muerte de cientos de civiles, todo ello con el fin de que Estados Unidos se apoderara de un solo hombre, el general Noriega, en un anticipo de lo que ahora ha venido a autorizar la descarada sentencia del Tribunal Supremo norteamericano.

Otro tema omitido en la Cumbre fue la corrupción, pero aquí la negligencia es comprensible, ya que habría sido poco delicado mencionar el espinoso tema cuando en Argentina esperan al presidente Menem las instancias del Yomagate, y en Brasil el presidente Collor de Mello enfrenta acusaciones de cohecho y amenazas de juicio. Pero ya que de señalar a Cuba se trataba, algún analista podría haber mencionado que mientras en ese país ningún niño muere de hambre ni de falta de atención médica, en el democrático Brasil, y en apenas diez meses, los grupos de exterminio asesinaron a 340 niños sólo en Río de Janeiro. El presidente González dijo, en conferencia de prensa posterior a la Cumbre, que es preferible ser pobre con libertad que pobre sin libertad. De acuerdo. No obstante, tengo mis dudas de que esos 340 niños, más los 447 ejecutados en 1990, hayan advertido, antes de ser eliminados por los *escuadrones de la muerte,* el privilegio que significa "ser pobre en libertad".

Quizá el olvido más vergonzante de la II Cumbre tuvo que ver con los Estados Unidos. Sólo Cuba (con sus más de treinta años de bloqueo) y México (recientemente afectado por la sentencia del Tribunal Supremo) se atrevieron a mencionar a ese convidado de piedra. Resulta verdaderamente increíble que en una reunión de casi veinte mandatarios iberoamericanos, apenas dos de ellos hayan osado decir el nombre de la potencia que los explota, impide su desarrollo, les cobra intereses leoninos, viola su soberanía y entrenó en su momento a sus torturadores.

El mero hecho de que, junto a la creación de un Fondo para atender a las poblaciones indí-

genas (según algún vocero de la Cumbre Indige-
nista alternativa, será un Fondo "por los indios,
para los indios pero *sin* los indios") y al reclamo
contra la sentencia del Tribunal Supremo norteamericano que autoriza los secuestros en cualquier lugar del mundo, no se haya denunciado
colectivamente el bloqueo masivo que desde hace más de treinta años sufre uno de los países
miembros de una Comunidad que en los papeles
se proclama unida y fraterna, significa una
muestra de escandalosa amnesia y establece un
canon de insolidaridad.

 ¿Será tan difícil advertir que esa *omisión
discriminatoria* no sólo afecta a Cuba sino que
bloquea el futuro mismo de la Comunidad Iberoamericana que se pretende impulsar? Como
bien dijo el gran escritor portugués José Sarama-
go, "antes de pensar en exportar la democracia
misioneramente, como una religión nueva, al
resto del mundo, deberíamos buscar la manera
de producirla y distribuirla mejor en nuestra
propia casa".

(1992)

LEER LOS LABIOS

En su campaña como candidato en 1988, el presidente Bush pidió que leyeran sus labios cuando afirmaba que no aumentaría los impuestos, y luego, como es sabido, no tuvo empacho en aumentarlos. Curiosamente, de todas sus promesas incumplidas se le reprocha sólo ésta. La lección que del episodio deberían extraer todos los políticos del mundo es que jamás deben pedirle a sus electores que lean sus labios, ya digan éstos "No habrá aumentos de impuestos", "OTAN de entrada no" o "Esta es la madre de todas las batallas".

De cualquier manera, Bush no fue el inventor del recurso. Hace ya mucho tiempo que los instructores de sordomudos lo emplean con excelentes resultados, y es gracias a tal asimilada enseñanza que tampoco esos minusválidos le perdonan a Bush su marrullería.

Esta vez el Presidente, mejor asesorado por su equipo de psicólogos sociales, no ha pedido que lean sus labios, aunque éstos se le tuerzan malévolamente cada vez que se refiere a Bill Clinton. Debido a esa precacución, nadie en el futuro le incriminará por las promesas incumplidas, e incluso habrá quienes elevarán sus plegarias para que no cumpla algunas de ellas, verbigracia el compromiso de fabricar más y más aviones de guerra y otros adminículos letales, con destino a Taiwan, Arabia Saudí y demás regímenes vasallos. El analfabetismo labial ha pasado a ser, pues, requisito indispensable en las convenciones del Partido Republicano.

No obstante, tampoco hay que ensañarse con las fallas labiográficas de Bush o las faltas ortográficas de Quayle. En realidad, no sabemos a qué angustias podríamos exponernos los ciudadanos de a pie (o de a zapato o de a babucha) si nos dedicáramos a leer los labios de la mayoría de los políticos cuando modulan sus ofertorios pre electorales. En ese caso, y para no caer en la metástasis del desánimo, sería aconsejable observar tan sólo aquellos labios políticos que silabean lenguas que no entendemos, o sea, que los hispanohablantes observemos las comisuras de Qian Qichén; los francoparlantes, los deletreos de Boris Yeltsin; los magrebíes, las finuras labiales de Collor de Mello, y los uzbequistanos, los belfos de Pinochet.

Otra jerigonza que no se entiende mucho, y que poco (en cualquiera de sus dos acepciones) nos desvela, es la que hablan los *maastrichtólogos*, verdaderos expertos en esa flamante variedad lingüística paneuropea, al parecer sólo cabalmente comprendida por los daneses. Los demás europeos están a la espera de que aparezcan los nuevos diccionarios Maastricht-Español y Español-Maastricht; Maastricht-Francés, Maastricht-Italiano, Maastricht-Servocroata, etcétera, y sus respectivas viceversas.

181

Hasta ahora una de las pocas cosas que se les entiende a los *maastrichtólogos* es que no les importa Somalía, cuyos niños escuálidos y agonizantes ni siquiera tienen el detalle de ser blanquitos como los bosnioherzegovinos, que también pasan sus hambrunas y escaseces pero al menos son mejor acogidos en países limítrofes y no limítrofes.

La verdad es que este mundo finisecular, con Maastricht o sin él, no convoca aleluyas. Aun en la conspicua democracia que desde los primeros palotes se nos señaló como paradigmática, aun allí la roedora miseria desarticula los soportes del sistema. El total de desempleados en Estados Unidos ha llegado a la preocupante cifra de 9.700.000 y sólo en el mes de agosto se han aniquilado, exclusivamente en el sector privado, 167.000 puestos de trabajo. La economía norteamericana siempre ha sido programada para la guerra; de ahí que ahora, en pleno idilio Yeltsin-Bush, la perspectiva de paz signifique un cataclismo para esa economía, y en plena campaña electoral Bush impulse las ventas arriba mencionadas de aviones de combate F-15 y F-16, sólo para salvar del desastre financiero a las compañías McDonnell Douglas y General Dynamics.

La paz nunca ha sido buen negocio para los *decididores* (el término es de Lyotard) del capitalismo, y es por eso que buscan denodada e inescrupulosamente las ocasiones de guerra. Dentro de esa ética "de baja intensidad", el Departamento de Estado (no importa quien lo lidere) ha asumido virtualmente, ante las transnacionales bélicas, la obligación de generar conflictos para que ellas puedan a su vez colocar nacional e internacionalmente su mortífero instrumental y generar así dividendos de consideración. Por lo general el Departamento de Estado cumple puntualmente con ese deber patriótico-financiero, ya sea provocando a algún enemigo potencial o simplemente inventándolo.

Por desgracia, la ética "de baja intensidad" (que en la parcela del subdesarrollo suele llamarse *corrupción*) se ha ido convirtiendo en un mal endémico, tan incontrolable como el SIDA o el narcotráfico. Al presente, es raro hallar un gobierno, en cualquiera de los tres mundos, que no afronte acusaciones de venalidad o de cohecho. En ciertas ocasiones las denuncias carecen de fundamento y sólo obedecen a oscuras motivaciones políticas, pero lo más deplorable es que en la mayor parte de los casos tienen razón de ser. Está demostrado que el dinero (con sus aditamentos de poder, privilegios y renombre) mantiene una capacidad de seducción, capaz de aflojar aparentes convicciones, principios y confianzas.

No obstante, la ética "de baja intensidad" incluye otro matiz y es el engaño deliberado en los anuncios que hace un candidato acerca de sus planes de gobierno. Dentro de ese catálogo publicitario, sabe que hay promesas que podrá cumplir y otras que no. De todas maneras, resulta extraño que las figuras públicas pocas veces se arriesguen a jugar la carta de la honestidad, explicándole por ejemplo a su electorado que lo justo sería llevar a cabo tal o cual medida en beneficio de la sociedad, pero advirtiéndole también que probablemente no podrá cumplir con esa aspiración debido a las presiones que ejercen los inexorables imperios económicos y arbitrios internacionales. Es claro que para ello se precisa un valor cívico que hay que reconocer no está de moda.

El descreimiento generalizado que el protagonista social, o sea el ciudadano, experimenta ante el quehacer de los políticos, no se debe por consiguiente a la lectura que hace de los labios de sus presuntos conductores sino precisamente a que lee correctamente los hechos que éstos generan. Después de todo, no es tan grave que el vicepresidente Quayle escriba *potate* en lugar de *potato* (en Somalía comerían gustosamente esas papas mal escritas). Mucho más inquietante es que el presidente Bush, lo leamos o no en sus labios, revitalice de un plumazo las industrias de guerra a fin de que sus queridos capitalistas mantengan sus dividendos a trancas y barrancas y también a costa de las muertes, las miserias y los pánicos del mundo desvalido, incluso el que, dentro de sus fronteras, ya ha empezado a dar aldabonazos en la mala conciencia de su bienestar.

(1992)

PERPLEJIDADES DE FIN DE SIGLO

En estas singulares postrimerías del siglo XX, el mundo va incorporando graves mutaciones a un ritmo tan vertiginoso que ni siquiera nos deja tiempo para asumir nuestras perplejidades. La convulsión no perdona ni a los puntos cardinales: el Este ya no es Este sino Oeste-bis. En Europa, la atávica partición entre OTAN y Pacto de Varsovia, ahora es entre OTAN y olla de grillos. La antigua coherencia se vuelve co-herencia: del *apartheid*, claro. Las grandes naciones de Occidente lo heredan de Sudáfrica y dan la puntilla con un toque ecuménico: ya no sólo afecta a negros, como en Soweto y otras zonas de la vergüenza, sino también a magrebíes, turcos, pakistaníes, sudacas, albaneses. La nueva Europa, pues, a diferencia del lejano modelo, no sólo discrimina por el color de la piel sino también por el color del alma.

Pese a que los *mass media* intentan convencernos de que la "limpieza étnica" sólo ocurre en Bosnia, lo cierto es que en el resto de Europa proliferan los políticos emergentes que tanto sirven para un barrido ideológico como para un fregado racial, y hasta un conspicuo representan-

te de la *France éternelle* como Giscard d'Estaing
exige que los nuevos ciudadanos acrediten feha-
cientemente la pureza de su sangre. La Alemania
reunificada empieza a justificar los "malos presagios" de Günter Grass, con un inquietante pa-
drón de sesenta mil neonazis, apenas diferencia-
dos del *Urnazismus* gracias a su desmelenada
calvicie y a sus atavíos de cueros claveteados.

Frente a un mundo en pleno reajuste, la
Iglesia, cuya capacidad de aclimatación es proverbial, decidió actualizarse. Ya en 1991 el *Vati-
can Latin Dictionary* que periódicamente se edita
en el Vaticano, había incorporado nuevas acepciones, como las concernientes a *máquina tragape-
rras* ("sphaeriludium electricum nomismale ac-
tum"), *discoteca* ("orbium phonographicorum
theca") *cover girl* ("exterioris pagine puella") o *la-
vadora de vajilla* ("escariorum lavator"). Ahora,
sin embargo, los últimos cambios, crisis y vaivenes, quizá la hayan hecho pensar, parafraseando
el viejo adagio, que a río revuelto ganancia de *pecadores*. Y decidió, para no salirse del refranero,
curarse en salud. De ahí la urgente elaboración
de un nuevo catecismo, cuyo proyecto de texto
se ha filtrado a la prensa internacional, generando nuevas perplejidades.

Al parecer, la renovada catequesis será
menos severa en temas como la masturbación,
las "guerras justas", la homosexualidad y la pena de muerte. En cambio, serán punibles la abstención en las elecciones (¿habrá por fin elecciones en el Vaticano?), la lectura del horóscopo y
otros *peccata minuta*. En Madrid, el vicario general castrense, uno de los siete coautores del nue-

186

vo catecismo, se apresuró a aclarar que la lectura del horóscopo será pecado en Brasil pero no en España. ¡Vaya ecumenismo! Es probable que una hermenéutica tan flexible dé lugar a imprevisibles matices: por ejemplo que la pena de muerte sea pecado en Cuba pero no en Arabia Saudita o que la guerra sea "justa" en el Golfo pero no en Yugoeslavia. Lo de la pena de muerte tiene sus bemoles, ya que causa cierto estupor que, tras la denuncia implacable del aborto que formula siempre el Papa, inmediatamente después de besar el suelo de que se trate, ahora el nuevo catecismo sea comprensivo y hasta tolerante con la pena de muerte. No faltará algún malicioso que interprete que al Santo Padre le interesen más los nonatos que los ya nacidos.

Otro motivo de perplejidad es la moda del perdón. Los jóvenes neonazis abuchearon en Alemania a la reina de Inglaterra porque no les pidió perdón por los bombardeos de Dresden; en China, el 90% de la población pretendía que el emperador Akihito pidiera perdón por los desmanes cometidos por las tropas japonesas durante la ocupación de hace más de medio siglo. Tanto en uno como en otro caso, los reclamantes no consiguieron su objetivo. La Iglesia, más avisada pero más lenta, demoró 500 años en pedir perdón (con circunloquios, pero lo pidió) a los indios de América por los atropellos cometidos en nombre de la cruz. Nunca debe perderse la esperanza, pues. Quizá dentro de otros 500, algún Papa no polaco pida perdón a las víctimas de la vieja Inquisición, o a los teólogos de Liberación, víctimas de la nueva.

Hace algunas semanas, cuando se reunieron en Lyon varios sobrevivientes de la represión nazi que se ejerció en esa ciudad durante la Segunda Guerra Mundial, una mujer francesa, que entonces fue torturada, se pronunció serenamente contra el olvido. Sin embargo, la altiva Europa de Maastricht no quiere recordar. Teme que el siniestro pasado pueda dañar su imagen, y no advierte que, si olvida esa dura enseñanza de la historia, un futuro aún más temible puede aniquilarla. El sociólogo francés Michel Albert sostiene que el viejo continente vive en la euroesclerosis, pero se le olvidó mencionar la euroxenofobia y la euroamnesia.

Encerrada en su autocomplacencia y en la insolidaridad, orgullosa de su náusea hacia el Tercer Mundo, Europa pone cerrojo en sus fronteras, sin advertir que dentro de ella, encerrados con ella, en un *huis clos* continental, permanecen los fantasmas del nazismo, los mismos que hace medio siglo estuvieron a punto de destruirla. El aislamiento no es bueno para nadie, y menos lo será para un continente que asiste a la explosión de los nacionalismos y corre un serio riesgo de fragmentación y despedazamiento, cuyo modelo sangrante es Yugoeslavia. Recluida en sí misma, inmovilizada por su desconfianza, Europa, que fue regidora del mundo, se quedará sin el mundo. A solas con su dinero, con su OTAN y con su orgullo.

¿A quién puede conformar ese aislamiento? Europa significa demasiado para la historia de la humanidad, como para que los otros pueblos se regocijen con ese autobloqueo, esa impenetrabilidad. La violencia del dinero es tan peligrosa como la violencia de la miseria. Aunque en oídos europeos esto suene a descartable utopía, sólo el Tercer Mundo (a pesar de sus pobrezas, su deterioro ecológico, su Deuda Externa, sus enclaves del hambre, sus franjas de analfabetismo) puede salvar a Europa de su soledad. No invadiéndola, claro, ni dándole riquezas que no necesita, ni intentando influir (vana tarea si las hay) en su desarrollo comunitario. El Tercer Mundo puede salvar a Europa del consumismo salvaje, del fundamentalismo del dinero, de la mezquina insolidaridad, de la frivolidad del no compromiso, si golpea insistentemente en sus muros hasta romper su aislamiento y restablecer la comunicación entre lo mejor de sus pueblos y lo mejor de los nuestros. No importa que los gobernantes sigan en sus compartimentos estancos, estudiando maastrichtología y subsidiaridad. La gente de aquí y de allá debemos hallar (o en su defecto abrir) vías de relación generosa, aunque sea al margen y a pesar de los abusivos decididores. Quizá entonces comprenda Europa que no necesita ser *más Europa* sino *más Mundo*.

"Patria es humanidad", dijo José Martí, y el Tercer Mundo no quiere desconectarse de la porción europea de esa patria conjunta. Y no teman. Dejaremos en casa las manos de mendigo y tenderemos las que transmiten confianza. Con esa extraña solidaridad que a veces el débil puede brindar al fuerte.

(1992)

UNA FEDERACION DE IDENTIDADES

Hace algunos meses, el presidente Mitterrand y el canciller Kohl enviaron a sus colegas de "los 12" una carta en la que sostenían que "América Latina y Asia serán prácticamente las dos únicas zonas del mundo en las que la Comunidad Europea no declare tener *intereses comunes prioritarios*". En la carta no se mencionaba a Africa, pero se sobrentendía que la omisión era deliberada, puesto que los países africanos se encuentran ya "dentro de la CE" a través del acuerdo de Lomé; no obstante, hubo quienes se preguntaron si en rigor la incorporación africana habría sido a la planta principal o más bien al sótano de la tan anunciada Casa Europea.

En cuanto a América Latina, como bien ha señalado Eduardo Galeano, "ya no es una amenaza. Por lo tanto ha dejado de existir. Rara vez las fábricas universales de la opinión pública se dignan echarnos alguna ojeada". Habría que agregar que se ocupan de América Latina cuando es arrasada por huracanes o dictaduras, por terremotos o por *marines* norteamericanos, por narcotraficantes o por "escuadrones de la muerte", por refinados torturadores o por mafias que secuestran y asesinan niños para vender sus órganos. La catástrofe ha sido hasta ahora nuestra única tarjeta de presentación, pero no nuestra tarjeta de crédito.

A pesar de los delirios de algún presidente, América Latina no quiere ser Primer Mundo sino que la dejen ser Tercer Mundo pero con decoro y sin hambre, con dignidad y sin un puñal en la garganta. Entre los varios monopolios que nos consumen y nos desgastan, no es por cierto el menos grave el monopolio de la fuerza. Tras la computada e implacable Guerra del Golfo y a partir del desplome de la URSS y el Pacto de Varsovia, la hegemonía militar de Estados Unidos, ya sin la presencia disuasiva del poder soviético, parece anunciar el sometimiento inevitable de América Latina, sobre todo si se tiene en cuenta que a la CE le interesa poco y nada el desarrollo de esos países tan inermes como dependientes.

Sin embargo, creo que todavía quedan resquicios para el optimismo. Es cierto que el fiasco de la Unión Soviética significó una fuerte sacudida, no sólo para los partidos comunistas locales sino para toda la izquierda latinoamericana. Se compartieran o no los presupuestos ideológicos de la URSS, y aun rechazando explícitamente los procedimientos estalinistas, a los latinoamericanos nos constaba que movimientos revolucionarios como los de Cuba y Nicaragua, que tan singular importancia adquirieron para toda la zona, tal vez no habrían podido consolidarse sin la ayuda económica, la asesoría técnica y la provisión de petróleo de los soviéticos.

Curiosamente, esa contribución solidaria generó a la postre otro tipo de dependencia. Los sectores progresistas de América Latina estuvieron demasiado condicionados por la orientación que la Unión Soviética iba adoptando en los severos enfrentamientos de la Guerra Fría. Concluida inopinadamente esa dependencia con la disgregación de la Unión Soviética, el abrupto cambio generó crisis de diversa intensidad en los partidos satélites de todo el mundo, incluidos por supuesto los de América Latina. Como era previsible, los coletazos de tales reajustes alcanzaron al resto de las izquierdas. Ya es tiempo de preguntarnos si las consecuencias de la demolición soviética son positivas o negativas para los países latinoamericanos.

Son indudablemente negativas si se tiene en cuenta que la invalidación de la Unión Soviética y en consecuencia del Pacto de Varsovia, como conjunción militar de primer orden, deja a Estados Unidos, en ese terreno, como potencia hegemónica mundial, y América Latina ya sabe con creces qué significa esa supremacía para sus frágiles fronteras y precarias economías.

No obstante, también se puede especular sobre derivaciones positivas. A diferencia de la URSS, la CEI de Boris Yeltsin no muestra el menor interés por América Latina. Bastante preocupación ha tenido con la explosión de los nacionalismos y con disputarle a Ucrania y a Georgia los remanentes del ex Ejército Rojo. Si dejó abandonada a Cuba, con la que existía toda una tradición de intercambio y solidaria asistencia, menos le van a preocupar a Yeltsin los conflictos internos que la disolución de la URSS pueda haber provocado en partidos meramente subsidiarios. De modo que, no sólo para éstos sino para toda la izquierda latinoamericana, Moscú ha dejado de ser obligada referencia.

¿Qué puede significar este distanciamiento para la franja progresista de América Latina? Por lo pronto, es previsible que cada partido o movimiento o coalición de izquierdas, en un país determinado, llegue a la conclusión de que tanto su acción futura como la definición y el ajuste de su rumbo político deberá resolverlos por sí mismo o en alianza con sectores ideológicamente afines o de pragmática y recíproca conveniencia. Cabe recordar que las actitudes internas o externas de la Unión Soviética han sido, a través de los años, notorios factores de irritación dentro de la izquierda latinoamericana. Aunque los matices fueron múltiples, siempre existieron, por un lado, la tendencia que consideraba prioritaria la atención, poco menos que exclusiva, al contexto latinoamericano, y por otro, la propensión a defender, adoptar y aplicar casi religiosamente las posturas asumidas por la URSS. También el marxismo leninismo, como sostén ideológico, constituyó en esencia una frontera en la que siempre hubo escaramuzas.

No creo, sin embargo, que ni entre los marxistas más irreductibles ni entre los más encarnizados antimarxistas, abunden los lectores de *El Capital*. Tanto el marxismo como el antimarxismo se recibían como legados, casi como dogmas que no era necesario verificar ni desentrañar. Se era partidario o enemigo de sus consecuencias (lucha de clases, factores del salario, recurso de la huelga, etcétera) antes que de sus esencias. No es imposible que, de ahora en adelante, para la clase trabajadora el factor refinadamente ideológico pese menos en la adopción de tácticas y estrategias que la circunstancia concreta, esa que atañe directamente a sus necesidades y derechos, asumidos en la lucha diaria y a través de la propia historia del movimiento sindical. Por supuesto que ello no significa propugnar un analfabetismo doctrinario sino más bien clarificar el discurso teórico a fin de no apabullar al destinatario social con fórmulas intrincadas y poco menos que esotéricas.

Naturalmente, el gran riesgo es caer en el utilitarismo ramplón, algo así como una excrecencia del famoso mercado de consumo. Un aceptable objetivo, para los complejos tiempos que se avecinan, sería hallar una vía movilizadora que no caiga ni en un ideologismo exquisito ni en un pragmatismo de supermercado. Con mucha intensidad y probablemente con mayor eficacia que antes de la trepanación del Golfo y su posterior autopsia, las masas serán bombardeadas, ya no tanto por propagandas reblandecedoras como por hechos consumados (digamos, la intervención "humanitaria" en la destrozada Somalía). De todos modos, cuando pasen las explicables zozobras y vibraciones de los recientes sismos y cismas políticos, es posible que la gente (no la *jet society* sino la gente común y corriente, la que vive para trabajar y trabaja para vivir) empiece a comprobar, en carne y pellejo propios, que el capitalismo es cada vez más salvaje y menos filantrópico, más mezquino y menos indulgente.

Frente a perspectiva tan desalentadora, ¿qué factores podrían estimular un vuelco positivo en (y para) América Latina? Algunos son externos. Por ejemplo, la situación económica que hoy vive Estados Unidos, sitúa a nación otrora tan pujante ante una sorprendente emergencia. Las cifras que se manejaron durante la reciente campaña elctoral fueron, no sólo para el ciudadano norteamericano sino para la opinión pública mundial, reveladoras del desastre. ¿Qué Nuevo Orden Internacional podría esperarse a partir de semejante Desorden Nacional? Al parecer, el presidente Bush y el Pentágono calcularon mal: creyeron que una victoria contundente y fácil en el Golfo (50 muertos propios contra 300 mil ajenos), ante un rival sin motivación ni envergadura, ahuyentaría para siempre los fantasmas de Vietnam, pero no tuvieron en cuenta que podrían ser sustituidos por otros fantasmas: los de la recesión económica. ¿Qué le importaba en definitiva a la sociedad norteamericana, que desde el parvulario ha sido educada en la exaltación del utilitarismo y el sagrado confort, que las tropas yanquis se cubrieran de problemática gloria en un remoto desierto y que incluso enterraran vivos en la arena a los desprevenidos soldados iraquíes, si en el mercado interno quebraban Bancos, cerraban fábricas, expiraban la Pan American y otras compañías aéreas, y, gracias a la nueva e idílica relación entre Este y Oeste, en

195

las industrias bélicas crecía el número de parados en varios cientos de miles?

Por otra parte, si bien Estados Unidos sigue en posesión de la máxima fuerza militar, es obvio que no goza de una paralela hegemonía en el plano económico y no parece en condiciones de competir exitosamente con Japón o con una Europa liderada por Alemania. En el caso de que esa relación de fuerzas se consolide, no sería improbable que la Comunidad Europea, perdido ya el complejo de inferioridad frente a Washington y Wall Street, se dedicara por fin a mirar hacia América Latina, sin indiferencia y sin altivez. De todas maneras, alumbre o no una nueva disposición europea, América Latina debe asimilar que de ahora en adelante dependerá primordialmente de sí misma. Si vienen las ayudas o los convenios equitativos, sin intereses leoninos y sin ofensa a nuestras soberanías, mejor; pero si no vienen, tampoco es cosa de desesperarse. El nuestro es uno de los continentes más ricos, con mejor material humano, con rasgos culturales propios, con suelos fértiles y nobles subsuelos, con espacios verdes y patrimonios ecológicos (verbigracia, la codiciada y agredida Amazonia), gracias a los cuales la humanidad respira. ¿Por qué entregar toda esa fortuna natural a la codicia de los modernos conquistadores?

El Nuevo Desorden Internacional está provocando que unas naciones se reunifiquen y otras se disgreguen. Tal diversidad de síntomas genera graves contradicciones y afila nuevas mezquindades. Unos muros caen y otros se construyen con urgencia. Los neofascismos y xenofobias crecen y se multiplican. La circunstancia de que América Latina, por menosprecio o por simples medidas de "higiene" ideológica o racial, esté al margen de esos atolladeros, probablemente la ayude a hallar o confirmar su identidad, o más bien sus identidades, ya que, antes que una sola nación, como concibieron los románticos, América Latina es una federación de identidades; ojalá que, cuanto más matizadas, más unidas, y cuanto más unidas, más fuertes y creadoras. El promisorio futuro de nuestra América no reside en su falsa homogeneidad sino en la real y aceptada cercanía de sus heterogeneidades. En Europa, el repudio al diferente, al no semejante, envenena el futuro; América Latina, en cambio, parece estar llegando a la reconfortante convicción de que la paz es la aceptación del otro.

(1993)

CONVALECENCIA DEL COMPROMISO

Henri Bordeaux, un escritor francés que murió hace treinta años, acuñó una definición, tocante a la política, que tiene visos de dialéctica: "La política es la historia que se está haciendo, o que se está deshaciendo". Es decir, una historia de ida o de vuelta, pero en movimiento; de ningún modo extinguida, como varios decenios más tarde sentenciaría Fukuyama. El compromiso con la política sería, pues, una actitud frente a esa historia en movimiento. De ahí el riesgo que lleva implícito.

Ocurre sin embargo que de un tiempo a esta parte la historia no sólo se mueve, sino que además zigzaguea, trepida, patina, ondula, se estremece, y en consecuencia es casi imposible escoltarla, darle alcance. La pregunta pertinente sería tal vez con quién nos comprometemos: si con los que hacen la historia o con los que la deshacen. De cualquier manera, las modas pasan, los escombros quedan, y quizá por eso, y cada vez más, el compromiso requiera cierta dosis de osadía.

Obviamente, es más cómodo quedarse al margen y mirar, desde el apogeo o desde la inercia, cómo la historia se hace o se deshace. En cambio, siempre ha sido considerablemente más expuesto "desinsularizar la inteligencia", como alguna vez sugirió Marx. El compromiso sirve, entre otras cosas, para tender puentes al mundo, a la sociedad, y en definitiva al próximo prójimo. "Desinsularizarse" es también reeducar la soledad, vaciarla de egoísmo. Sin embargo, el compromiso tiene hoy mala prensa, no está de moda, tal vez porque mira y examina la historia (tanto la que va como la que viene) y hay toda una élite intelectual (que incluye no sólo a escritores sino también a psicólogos, sociólogos y comunicólogos) que ha decidido borrarla, desentenderse de ella. Aun ciertos personajes políticos, que deberían ser los *comprometidos* por antonomasia, si bien se exhiben como alternativa de futuro, recomiendan tachar el pasado, esa indiscreta franja que a menudo revela deslealtades o sencillamente falta de principios. No son amnésicos ni olvidadizos, sino conscientes, deliberados olvidadores. Deciden que no debemos tener "ojos en la nuca", que sólo hay que mirar hacia adelante, digamos como el rinoceronte; conviene recordar que el búho, en cambio, se las arregla para mirar no sólo hacia adelante sino también hacia atrás, y tal vez por eso tiene fama de sabio.

El compromiso es en principio un estado de ánimo, y aunque comúnmente se lo relaciona con el intelectual, es obvio que puede originarse en toda persona. Cualquier ciudadano puede estar tan comprometido con su medio social como un intelectual, pero curiosamente nadie habla de un albañil comprometido, de un ingeniero comprometido, de un deportista comprometido. Lo que ocurre es que en el intelectual el compromiso toma estado público, y además, puede (o no) reflejarse en su obra. El compromiso político de un ingeniero no se refleja (al menos, en forma directa) en la construcción de un puente o de una carretera, ni el del deportista en la obtención de un campeonato o una marca olímpica. Y en ese sentido, nadie los cuestiona. Por el contrario, en el caso de un artista o un intelectual, la crítica y aun el público vigilan la presencia o la ausencia del compromiso en cada una de sus obras.

Ahora bien, ¿cómo germina ese estado de ánimo llamado compromiso? ¿Cómo llega a infiltrarse, digamos, en un drama, un poema o una novela? Si en tiempos de tutelas y mecenazgos era posible que un escritor se aislara del turbulento alrededor ("Qué descansada vida / la del que huye del mundanal ruido", escribió, con indudable fruición y alguna diéresis, el bueno de Fray Luis), hoy la realidad empuja, ciñe, machaca, y si ingenuamente le cerramos la puerta, no tiene inconveniente en entrar por la ventana. Ahora los mecenazgos, y también las tutelas, ya no provienen de príncipes de la sangre o refinados cardenales, sino de pródigas Fundaciones norteamericanas o alemanas, cuyas dispendiosas becas suelen apaciguar las modestas rebeldías de ciertos intelectuales, más o menos *propensos*, del Tercer Mundo.

Es claro que, en materia de ventanas, Ivan Sergeievich Turgueniev fue todo un pionero, ya que sólo podía escribir si tenía sus pies sumergidos en una palangana de agua caliente colocada bajo su escritorio y enfrentado a la abierta ventana de su habitación. Hoy los intelectuales siguen con la ventana abierta, pero a los *no propensos* suelen quitarles hasta la palangana.

Arthur Koestler, por su parte, apoyándose precisamente en aquel pudoroso e higiénico hábito de Turgueniev, señaló hace medio siglo que la ventana abierta enmarca para el novelista ruso "su visión del mundo de fuera". En una suerte de abanico de posibilidades, Koestler concentraba en la famosa ventana tres tipos de tentaciones: a) cerrarla; b) abrirla completamente y caer en la fascinación de los sucesos de la calle, y c) tenerla sólo entreabierta, con las cortinas dispuestas de tal modo que brindaran sólo una sección limitada del mundo exterior, (ver *Las tentaciones del novelista,* ensayo de Koestler leído en el XVII Congreso del Pen Club, Londres, setiembre de 1941).

Allá lejos y hace tiempo, cuando los intelectuales no se ruborizaban ante la palabra *compromiso,* y escritores tan relevantes como Vallejo, Neruda, Antonio Machado, Thomas Mann, Peter Weiss, Cesare Pavese, Rafael Alberti, Camus, Hemingway y tantos otros, estuvieron inmersos en el contexto social y político, Sartre, que fue probablemente el principal ideólogo de una *littérature engagée,* criticó con particular dureza la actitud del escritor que rehusaba pronunciarse, o sea que eludía la coincidencia de sus actos con el dictado de su conciencia. Por supuesto, ya no se trataba de aquella conciencia pura, descarnada, incontaminada, que durante siglos fue el catecismo ético de la civilización occidental, sino más bien de una conciencia contaminada por la conciencia del prójimo. Como señalara otro comprometido, el dramaturgo norteamericano Arthur Miller, "el hombre está dentro de la sociedad y la sociedad está dentro del hombre". Es decir, que la sociedad está dentro de la conciencia, y ésta ya no puede evitar los condicionantes sociales. Aquella acepción de compromiso, esencialmente generosa, solidaria con el semejante y respetuosa del distinto, fue sin embargo posteriormente condicionada por los vaivenes y esquematismos de la política. Así como el socialismo, dentro de la óptica estalinista, se trasmutó en el llamado *socialismo real*, y, luego, ya en la franja específica del arte, el mero y defendible realismo pasó a convertirse en el impresentable *realismo socialista*, también la concepción sartreana del compromiso se fue metamorfoseando, a través de desprolijos hermeneutas, en el compromiso *con un partido determinado*. Como lamentable consecuencia, el arte (que a esa altura ya era más militante que comprometido) fue a la zaga de la orientación política, del rumbo que marcaban las jerarquías decididoras. El propio Sartre, casi al final de su brillante trayectoria, cayó increíblemente en alguna de esas trampas, tal vez olvidado de que él mismo había sostenido: "En la literatura comprometida, el compromiso no debe, en ningún caso, hacer olvidar la literatura".

Personalmente, creo que el panfleto es un género tan legítimo como cualquier otro, y la historia exhibe (desde el *Manifiesto comunista* hasta *La historia me absolverá*) genuinas obras maestras en esa rama. La literatura panfletaria, en cambio,

y el arte panfletario en general, son encasilla-
mientos destinados inevitablemente a anquilo-
sarse, a volverse inválidos, a acabar como simple
material inerte para futuros taxidermistas. Sinto-
máticamente, la única literatura de tema político
que por fortuna sobrevive, y continúa trasmitiendo su mensaje, es aquella en que la prioridad
primera fue desde el inicio la literaria. ¿Qué sería
del poema "Masa" de Vallejo o del *Guernica* de
Picasso, de la sinfonía *Leningrado* de Shostako-
vich o de *Die Asthetik der Widerstands* (La estética
de la resistencia) de Peter Weiss, si la inocultable
intención política no estuviera dignificada y res-
paldada por una notable calidad artística?

Como extraña secuela de la consunción de
la Unión Soviética, sobrevino una falsa y deliberada simplificación, particularmente alentada
por los *mass media*: la sonada hecatombe del *socialismo real* significaba asimismo la definitiva
derrota del socialismo como propuesta doctrina-
ria y la consecuente ratificación del capitalismo
como ideología hegemónica. O sea, para resu-
mir: las reprobables conductas de Ceaucescu y
Zhivkov inhabilitaban a Lenin, y un Lenin así in-
habilitado descalificaba retroactivamente a
Marx. No obstante, un Nixon o un Collor de Mello, expulsados ambos (el primero, en 1974; el
segundo, en 1992), también por deplorables conductas, de las respectivas presidencias de Estados Unidos y Brasil, no parecen haber inhabilita-
do al sistema capitalista o al neoliberal que los
auparon a tan altos rangos. La hipocresía como
una de las bellas artes.

Como era de prever, todo este gran entrevero finisecular, con su reajuste de sistemas y de fronteras, ha repercutido en el ámbito intelectual. A los sectores más reaccionarios de esa misma intelectualidad, este vuelco les ha venido de perillas. Gracias a él, pueden recusar a un buen número de colegas. Para los neoinquisidores la Nueva Gran Purga (subsidiaria del Nuevo Orden Internacional) no sólo debe incluir a quienes, en épocas cercanas o remotas, hicieron profesión de fe estalinista, sino a todos los que alguna vez se pronunciaron contra las agresiones imperialistas, las torturas en las cárceles, las agresiones económicas, los intereses leoninos, la pena de muerte, las campañas esterilizadoras, los estragos ecológicos, la corrupción ecuménica e impune. Es como si todas esas exhortaciones y demandas, de claro sentido humanitario, hubieran quedado sepultadas bajo los escombros del muro de Berlín. Hace poco un lector español recordaba una amarga comprobación de Willy Brandt: "La capacidad del hombre para cerrar los ojos es ilimitada. Sólo así se pueden explicar los horrores del nazismo".

El intelectual comprometido es alguien que se niega a cerrar los ojos. Ve y dice lo que ve, aunque a veces le duela decirlo. "La única manera de aprender es discutir", decía ese gran discutidor que fue Jean-Paul Sartre. Y agregaba: "Un hombre no es nada si no es un ser que duda. Pero también debe ser fiel a alguna cosa. Un intelectual, para mí, es esto: alguien que es fiel a una realidad política y social, pero que no deja de ponerla en duda. Claro está que puede presentarse una contradicción entre su fidelidad y su duda;

pero esto es algo positivo, es una contradicción fructífera. Si hay fidelidad pero no hay duda, la cosa no va bien: se deja de ser un hombre libre".

Como hombre libre, pero sin paternalismo ni soberbia, sin ínfulas ni desplantes, el intelectual puede contribuir a la investigación de la realidad. Con sus ensayos, sus artículos periodísticos, pero también con sus novelas, sus dramas y hasta con sus poemas. Aunque no sea la vía más frecuentada para estos menesteres, también la poesía puede indagar, sondear, descubrir. Por lo general, el poeta se cuestiona a sí mismo, entre otras cosas porque lo cuestiona todo: el mundo, la vida, el poder, la muerte. No sólo al mandamás, sino también al mandamenos. Y es buen recordar que el compromiso no siempre se ejerce desde la certeza, sino también desde la inseguridad, desde la incertidumbre. "Por el momento nada me ampara sino la lealtad a mi confusión", escribió con estricta franqueza el poeta mexicano José Emilio Pacheco. Pero aun inseguro, el poeta debe interrogar e interrogarse. Al parecer, alguien escribió en un muro de Quito: "Cuando ya tenía respuestas a la vida, me cambiaron las preguntas". Antes que nada, habría que averiguar si las nuevas preguntas son las pertinentes. Si lo son, no hay que amilanarse. Siglo tras siglo, la humanidad se ha pasado formulando preguntas y buscando respuestas. ¿Qué son después de todo las religiones, las corrientes filosóficas, los sistemas políticos, las ideologías, las hipótesis cosmogónicas, sino un amplio abanico de respuestas al indescifrable acertijo de la existencia?

En todas las épocas hubo ciclos de preguntas y ciclos de respuestas. Ya en las postrimerías del siglo XVIII, el impagable (y lamentablemente poco leído) Georg Christoph Lichtenberg, escribía: "Me dije a mí mismo: es imposible que yo crea esto, y al decirlo observé que ya era la segunda vez que lo creía". Una pregunta oportuna, en los albores del 93, quizá podría ser ésta: ahora que el capitalismo es hegemónico y buena parte de los socialistas europeos recurren a urgentes maquillajes que les brinden arreboles capitalistas y mascarillas neoliberales, ¿quién o quiénes quedan para aliviar las infamantes miserias del mundo pobre, el escarnio de cuarenta mil niños que diariamente mueren de hambre, el premeditado aniquilamiento ecológico, el escándalo de la Deuda Externa?

Es obvio que la mayoría de los gobernantes del Primer Mundo se encogen de hombros ante el rudimentario malestar de los infelices, ante su catálogo de antiestéticas carencias. Ahora bien, ¿puede el intelectual, dada su capacidad de raciocinio y su implícito deber de reflexión, sumarse a esa compacta indiferencia, a ese descarado compromiso con el dinero y su expansion salvaje? No es necesario, ni mucho menos obligatorio, pertenecer a algún partido político ni encasillarse en un sistema ideológico, para experimentar angustia, impotencia y una suerte de vergüenza colectiva frente a las imágenes de indigencia atroz que, entre rock y rock, entre culebrón y culebrón, trasmiten los televisores de todo el mundo. Si bien es cierto que el *socialismo real* fracasó en Europa, en el Tercer Mundo lo que ha fracasado es el *capitalismo real*, ya que evidentemente no ha podido (y lo que es más grave, no ha querido) dignificar el nivel de vida y de muerte de tres cuartas partes de la humanidad.

No sólo en Europa, también en América Latina los apuntadores de la indiferencia recurren a la fácil justificación de que "la política y los políticos no sirven", que "ya no se puede creer en nadie", que "el poder corrompe" y que "la corrupción todo lo contamina". Sin perjuicio de que algunas de esas opiniones tengan un soporte real (es notorio el generalizado desprestigio de los políticos), ello no justifica la pasividad ni la abulia ciudadanas. ¿O acaso el descenso de la confiabilidad y el auge de la corrupción no involucran a una sociedad permisiva que deja hacer y deshacer? En América Latina se han dado recientemente dos ejemplos de intervención popular, ambas dentro de las respectivas Constituciones, que lograron enmendarle la plana a los esquemas del poder. La destitución del presidente Collor de Mello en Brasil, y la aplastante derrota del oficialismo (72% contra 28%) en el referéndum sobre privatizaciones en Uruguay muestran que la participación y el compromiso de amplios sectores sociales pueden lograr mejores resultados que la dejadez y la inercia ciudadanas. En ambos casos, y pese a que el compromiso es en el mundo actual una etiqueta descalificadora, los intelectuales estuvieron, en su gran mayoría, del lado de los intereses populares. No pretendo que hayan influido en tales decisiones colectivas; sólo compruebo dónde estuvieron situados.

En una etapa como la actual, con los partidos (en ambas orillas del Atlántico) estremecidos por severas contradicciones, las mejores causas y las más humanitarias motivaciones no siempre (o no sólo) dependen de las orientaciones de los dirigentes. Por eso mismo, las causas y motivaciones aparecen más desnudas, más nítidas en su significado esencial, menos expuestas a las especulaciones y los oportunismos. En consecuencia el compromiso del ciudadano, y por ende el del intelectual, está menos embretado, tiene más libertad para expresarse. En un mundo donde el hombre se entiende cada vez más y mejor con las máquinas pero se desentiende del semejante, el compromiso es uno de los últimos enclaves de la solidaridad. Y como tal hay que defenderlo.

(1993)

ETICA DE AMPLIO ESPECTRO

Aunque no todas las pesquisas culminan en buenos hallazgos, a veces resulta útil seguir las pistas que brinda la etimología. Por ejemplo, tanto la raíz latina de la palabra *moral,* como el origen griego de la palabra *ética,* tienen un común denominador: la costumbre. Tan es así, que la ética es a menudo definida como la doctrina de las costumbres. Ahora bien, si las costumbres sufren un cambio sustancial, ¿implicará ello una alteración en los valores éticos y morales de una sociedad determinada?

Es obvio que hay presupuestos éticos (la decencia, la honradez, la solidaridad, la lealtad, etcétera) que han sobrevivido a través (y a pesar) de las ideologías y los regímenes más diversos. Sin embargo, de un tiempo a esta parte, la liturgia del consumismo, pero sobre todo la desmesura y la acumulación internacional de capitales, así como la relativa impunidad con que éstos crecen y se multiplican, han ido implantando nuevas costumbres, y en consecuencia nuevas doctrinas relacionadas con las mismas. O sea, si nos atenemos a la vieja definición: han elaborado otra noción de la moral y de la ética. Recobra actualidad un proverbio que, en el otro fin de siglo, escribía el francés Albert Guinon: "Para muchos, la moral no es otra cosa que las precauciones que se toman para transgredirla".

A diferencia de los husos horarios, estos usos morales no precisan de un Greenwich que los regule. Cada macroeconomía supone una macroética. Un dogma neoliberal (o neoconservador, da lo mismo), por supuesto no escrito, consentidor y furtivo, va paulatinamente ensanchando y de alguna manera legitimando los estratos de prevaricación. Las antiguas severidades y exigencias quedan como reliquias del pasado. En todo caso son confinadas en la microética del individuo, de modo que éste se vaya haciendo cargo, día tras día, del sombrío porvenir que aguarda a la obsoleta profesión de la conciencia. Lo esbozó el viejo Séneca: "Los que antes fueron vicios, ahora son costumbres".

Si alguien piensa, con todo derecho, que estas reflexiones son exageradas o caricaturescas, es aconsejable que eche un vistazo a las diversas geografías de este fin de siglo. Se verá que, en ese aspecto, no hay notorias diferencias entre el desarrollo y el subdesarrollo. La nueva y lozana industria de la corrupción, con sus expertos en soborno y cohecho, abarca de Brasil a Alemania, de Estados Unidos a Argentina, de España a Perú, de Italia a México, del Vaticano a Rusia, sin descartar a países más pequeños o menos notorios.

En plena democracia, las financiaciones de más de un partido político pasan por túneles sombríos; la actual fiebre de privatizaciones *à outrance* deja en todas partes un rastro de sospechas que poco después, cuando la operación ya no tiene remedio ni retroceso, se convierten en penosas certezas; en Italia, la Mafia se infiltra en estamentos gubernamentales; aquí, allá y acullá, el narcotráfico blanquea dólares en Bancos de consagrada aureola; en varios países, la corrupción salpica a gobernantes, pero en Brasil ya no salpica sino que ahoga definitivamente a Collor de Mello; el arzobispo Paul Marcinkus, célebre "banquero de Dios", se salva de la justicia italiana gracias a los buenos oficios de la Santa Sede; Watergate, Irangate, Yomagate, dondequiera hay un *gate* encerrado.

Una muestra ilustrativa de la macroética es el llamado *milagro chileno*, que hoy se presenta como paradigma para toda América Latina. Según las estadísticas, la Balanza Comercial, el Producto Interno Bruto y el Ingreso per Cápita ofrecen cifras casi primermundistas, pero la realidad muestra que un 45% de los chilenos viven en la pobreza. Es seguro que cada *cápita* millonaria aumenta sus ya sobrados ingresos, pero es no menos seguro que en la clase trabajadora y en las *callampas* cada *cápita* es cada día más menesterosa. La macroética aplaude sin pudor.

Por supuesto, toda generalización peca de injusta, y aquellos hombres públicos que ejercen casi fanáticamente una honestidad a toda prueba (incluso a prueba de balas, como ocurrió en Sicilia con dos magistrados que se opusieron a la Mafia), se hacen acreedores a la admiración ciudadana por el mero hecho de cumplir, en esta época oscura, con la integridad que naturalmente exige toda función pública. La microética de los consecuentes pasa a ser un mero islote en la macroética de los decididores.

En esa doctrina de las costumbres que es la ética, concurre a veces un elemento nada despreciable: el carisma. En teología, el carisma es "el don gratuito que concede Dios a algunas personas en beneficio de la comunidad", y por extensión "se aplica a algunas personas que tienen el don de atraer o subyugar por su mera presencia o por su palabra" (*Diccionario Manual de la Real Academia Española*, 1989). Es cierto que un líder carismático les lleva una apreciable ventaja a otros dirigentes, faltos de ese don, pero esa aptitud también incluye un riesgo. Después de todo, el eco que el discurso carismático tiene en las masas exige que el líder asuma la responsabilidad de su propuesta.

Defender ardorosamente el interés público en la fácil retórica electoral, y desentenderse luego, ya en el poder, del voluntario lastre de aquellas cautivantes promesas, es asimismo una forma de corrupción. El cohecho no siempre significa una dádiva contante y sonante. Tales groserías suelen reservarse para los personajes de tercera o cuarta filas. Las grandes corporaciones internacionales, los centros mundiales de decisión política, los núcleos inapelables de influencia financiera, por lo general no necesitan soltar un dólar (a esos niveles, el simulacro de dignidad tiene sus leyes) para ejercer las consabidas manipulaciones, tan delicadas como astutas y eficaces.

Se soborna con apoyos políticos, con convenios de poca monta y poco monto, con ofertas de voto favorable en organismos internacionales, con módicas declaraciones de fraternidad que luego puedan ser explotadas en el ámbito doméstico. Se soborna con elogios inmerecidos, con supresión de chantajes cuidadosamente programados, con ofertas de privatización, con abrazos frente a las cámaras, con homenajes insustanciales, con partidos de tenis, con diez minutos de un trato de igual a igual. Los politólogos y psicólogos sociales que asesoran a los verdaderos amos saben bien que la vanidad es una de las zonas más frágiles de los políticos dependientes. Y, sin lugar a dudas, la más barata.

Es cierto que la ética está enferma, pero no se trata de un mal incurable. Todavía estamos desconcertados por los cataclismos políticos de los últimos diez años. No es descartable, sin embargo, que paulatinamente empiece a declinar la vigencia de las estructuras inflexibles. Si ello ocurre, también es probable que haya espacio para matices imaginativos, para impulsos utópicos, aun dentro de las ideologías. Estas puedan ser una base, pero no un andarivel riguroso del que no se pueda salir.

No es inverosímil que se establezca una relación osmótica entre las ideologías y las realidades. Tal vez se desarrollen rumbos ideológicos más que ideologías propiamente dichas, y gracias a esos rumbos ciertos actores de la humanidad intenten moverse hacia objetivos determinados; a veces tomando atajos, ya que en ciertos casos la línea recta puede ser obstaculizada, digamos por los tanques, los Chicago Boys o los hermeneutas del Nuevo Catecismo. Antes, las ideologías y los sistemas demasiado esquemáticos no toleraban esos atajos, consideraban que eso era desviacionismo. No obstante, a veces hay que desviarse para poder luego retomar el camino real.

Cuando el Mambrú de la canción se fue a la guerra, lo hizo espontánea y voluntariamente. Pero al Mambrú 1993 lo meten (qué dolor qué dolor qué pena) en batallas que no son las suyas, a fin de que pueda aniquilar a (o ser aniquilado por) otros mambruses de signo contrario que también fueron empujados (qué dolor qué dolor qué pena) a batallas que no eran las suyas. Desde sus macro-despachos, los mandatarios y/o vicepaladines, impertérritos y soberbios, en ejercicio de la macroética envían a sus jóvenes mambruses a un riesgo de muerte que a ellos, por supuesto, no les roza. Y allá van los proyectos de héroes: en camiones, acorazados o bombarderos, con su devaluada microética en la mochila, conscientes de que su muertecita (o micromuerte) quizá los esté esperando en algún territorio del que nada conocen. Todo cabe en la ética de amplio espectro.

(1993)

LA IZQUIERDA Y SUS RUBORES

En el próximo noviembre se cumplirán cuatro años de la caída del muro de Berlín. Si bien hemos asumido los reajustes de fronteras, los trapicheos de mercado y las guerras intestinas ocurridas en Europa tras ese acontecimiento casi paradigmático, tal vez no hayamos tomado aún conciencia cabal de las transformaciones que, paralelamente, se han producido en el talante y los comportamientos de la clase política. "En la política lo real es lo que no se ve", sugirió alguna vez José Martí.

Por lo pronto, una vez extinguido, por razones obvias, el áspero y dilatado encaramiento Este-Oeste (las relaciones ruso-norteamericanas se han vuelto casi empalagosas), la vacante dejada por el ex inconciliable enemigo no llegó a ser aceptablemente llenada por Saddam Hussein. Tal vez a causa de sus excentricidades, y a pesar de los ingentes esfuerzos de George Bush, el imprudente invasor de Kuwait no pudo cumplir el papel de Anticristo que le fuera generosamente asignado.

La Guerra del Golfo sirvió al menos para demostrar que lo único verdaderamente interna-

215

cional que posee la ONU es su desprestigio. Los viajes, carrerillas y otras misiones cumplidas en su momento por Pérez de Cuéllar, en su papel de diligente recadero de los Estados Unidos, no contribuyeron por cierto a consolidar la autoridad de las Naciones Unidas. Como derivación de aquella chapuza, actitudes posteriores del organismo internacional (verbigracia, las severas resoluciones sobre la situación yugoeslava y el informe de la Comisión de la Verdad sobre El Salvador) fueron olímpicamente ignoradas por sus destinatarios.

De todos modos, está visto que la guerra depende cada vez menos de la iniciativa y el afán de los Estados como tales, y, en la actual pandemia neoliberal, hasta corre el riesgo de ser privatizada. Después de todo, no es tan sorprendente que la Mc Donald Douglas o la General Dynamics tengan a veces más poder que el Departamento de Estado. Ya lo tuvo la ITT en el derrocamiento y muerte de Salvador Allende (si el fundamentalismo privatizador sigue invadiendo finanzas y fronteras, no es descartable que el Estado, a breve plazo, vea reducida sus funciones a las de subinspector de tráfico o covachuelista de segunda. Pocos parecen advertir que quedarnos paulatinamente sin Estado, equivale a quedarnos también sin democracia).

Decía Palmiro Togliatti: "Hacer política significa actuar para transformar el mundo". No está mal. Pero siempre ha habido transformaciones que llevaron el mundo hacia adelante y otras que lo empujaron hacia atrás. Hoy, a pesar de los espectaculares adelantos científicos y técnicos, a pesar de que las máquinas nos apabullen y hasta nos sustituyan, es probable que estemos viviendo, en el plano espiritual, la etapa más regresiva de este siglo. Las relaciones humanas están cada vez más enrarecidas; cada soledad habla (como en Babel) un idioma distinto; la enajenación y el pasmo ante el televisor nos convierten en afásicos, irascibles o taciturnos. El sexo era uno de los pocos desempeños compartibles que aún le quedaban al ser humano, pero vino el SIDA y metió su cuña de recelos entre los cuerpos y, de paso, entre las almas. Y, por si eso fuera poco, la Iglesia halló un nuevo pretexto para apuntalar su Inquisición contra el goce, ese pecado de los célibes.

¿Qué ocurre mientras tanto en la galaxia política, cada vez más alejada de nosotros pecadores? Como ironiza Vázquez Montalbán, "algunos liberales cuando consiguen morderse la propia cola les sabe a neofascista". ¿Será que la solidaridad murió de inanición? ¿Dónde se ha escondido la humanidad progresista? Ya que al parecer Marx se equivocó con aquello de que los proletarios serían los enterradores de la burguesía, ¿no convendría hacer algo para que al menos la burguesía no sea la enterradora del proletariado? Hace mucho, los gremios conseguían santos patronos; luego decidieron cambiarlos por partidos profanos, de raigambre popular, pero los partidos a veces se abstraen, o se consumen en escisiones, omisiones y comisiones. Y los trabajadores quedan al garete, sin patronos pero con patrones. No obstante, es notorio que hoy día los factores de progreso están casi siempre mejor defendidos y representados por los sindicatos que por los partidos.

Las izquierdas (comunistas, socialistas y hasta socialdemócratas) fueron perdiendo sus respectivas identidades a medida que les aumentaba el rubor por su propio izquierdismo. Quizá convenga recordar que el socialismo, por ejemplo, no es un mero apellido, usable con cualquier norma de conducta. Significa ante toda una ejecutoria, que no admite demasiados maquillajes. Es cierto que los nuevos profetas recomiendan poner el socialismo al día. Pero ¿a qué Día? ¿al de Inocentes? ¿al de Trabajadores? ¿al de Difuntos? ¿al del Perdón?

El reciente fracaso electoral de la izquierda francesa no es matemáticamente transferible a otros países, pero de cualquier manera es aleccionante. Una de las más frecuentes e infaustas tentaciones de los partidos de izquierda en cualquier parte del mundo, es ir haciendo progresivos movimientos hacia la derecha, con el inconfesado propósito de conquistar el voto de los sectores conservadores. La experiencia francesa demuestra una vez más que si esos conservadores se ven conminados a elegir entre un partido definidamente de derechas y otro que simula serlo, siempre se decidirán por aquel que mantiene una coherencia con su propio pasado. O sea, que la "astuta" maniobra no sólo no atrae votos de la derecha, sino que probablemente pierda buena parte de los de la izquierda. ¿Qué ocurrirá ahora en Francia? Hace exactamente doscientos años, Georg Christoph Lichtenberg escribió un *aforismo* que parece concebido antenoche: "Algo está fermentando en Francia: no se sabe si es vino o vinagre". Mi impresión personal es que es vinagre.

El desconcierto de la izquierda es evidente, no sólo en Francia, pero ello no autoriza a suponer que la derecha esté muy concertada. Tras el desmembramiento de la Unión Soviética y la disolución del Pacto de Varsovia, Occidente invadió esos inermes mercados con su aplanadora consumista. Para aniquilar los resultados de semejante maniobra envolvente alcanza con ver los noticieros: en el ex Este (u Oeste-bis) no abundan las viviendas ni los alimentos, pero en cambio proliferan las mafias, los secuestros, las violaciones, el narcotráfico, la corrupción, la violencia, la xenofobia, los neonazis, el crimen. O sea, igualito que en Occidente. *Dominus vobiscum.* Vale decir: sálvese quien pueda.

¿Hacia dónde irá esa derecha triunfante y ensoberbecida? En realidad, el rumbo ya lo sabemos. La pregunta sería más bien: ¿hasta dónde podrá llegar? En Italia, Alemania, España, Chile, hubo en su momento partidos y movimientos de derecha que se creyeron vanguardias del conservadurismo o del nacionalismo; cuando se dieron cuenta de que apenas eran retaguardias de Mussolini, Hitler, Franco, Pinochet, ya era tarde. Y ahí sus adeptos se bifurcaron: unos se convirtieron a la ignominia, otros sufrieron prisión y tortura, otros más murieron en el exilio. Ojalá que esta vez lo adviertan a tiempo.

Algo que las derechas, y menos aún los conversos al neoliberalismo, rara vez entienden, es que por debajo del poder y su concupiscencia, hay estamentos sociales (antes se decía *pueblo*) que tienen necesidades, aspiraciones, urgencias; y también que viejos conceptos como justicia social, o la famosa *égalité,* no son sustituibles con los de limosna o caridad, tan frecuentados por encíclicas y homilías. "Los tiempos de la filantropía", decía Cesare Pavese, "son los tiempos en que se encarcela a los mendigos".

Derivación justificada o mera coincidencia, lo cierto es que a partir de la Guerra del Golfo, algo huele a podrido en Occidente. Desde Collor de Mello hasta Giulio Andreotti, y viceversa, las nubes tóxicas de la corrupción atraviesan océanos y continentes. Aun los célebres *milagros* económicos suelen acabar en paro laboral, recesión, insolvencia, cohecho. Aquí y allá conspicuos personajes se reconocen en el pudridero de lo venal. Pero lo grave, lo gravísimo para la sociedad en su conjunto, es que aquellos otros (todavía los hay y en buen número) que consideran la política como "la sustancia de su vida moral" (Togliatti *dixit*) van quedando como el idiota de la familia.

Quizá la opción más honesta para quien siga considerándose de izquierda, sea afirmarse en lo que es y quiere ser. Los rubores posmodernos están demás. Quien se avergüence de sus viejas convicciones y su pasada militancia, mejor será que ahueque el ala, cambie de apellido ideológico y no nos venda más gato por liebre. Y quién sabe, puede que le queden bríos y maleabilidad para integrar, en un futuro mediato, el ala progresista de la ultraderecha.

(1993)

220

LOS PERDONADOS DE SIEMPRE

El 24 de marzo de 1980, exactamente cuando levantaba el cáliz para consagrar el vino eucarístico en la catedral de San Salvador, el arzobispo Oscar Arnulfo Romero era alcanzado por un único y letal disparo de un francotirador. Pocos días antes, este vocero de los pobres había anunciado en su tono sobrio y a la vez apocalíptico: "Precisar el momento de la insurrección, indicar el momento cuando ya todos los canales están cerrados, no corresponde a la Iglesia". A esa oligarquía le advierte a gritos: "abran las manos, den anillos, porque llegará el momento en que les cortarán las manos". Hoy sabemos que se equivocó en su profecía: a quienes les cortaron las manos fue a los campesinos, y a él, de paso, lo mataron.

Diez años antes, 25 curas habían sido encarcelados, torturados y deportados. Otros siete sacerdotes (entre ellos Barrera Moto, Rutilio Grande, Navarro Oviedo y Octavio Ortiz) fueron asesinados. Sectores tan retrógrados como implacables difundieron hasta el cansancio un intimidatorio lema que parafraseaba viejos eslóganes de triste recordación: "Haga patria, mate un cura". Si el cura era por añadidura un arzobispo, y si además se había convertido en la voz pública más coherente, corajuda y querida de las masas populares, es fácil conjeturar que su eliminación física fuera encarada como un objetivo prioritario por el implacable mayor D'Aubuisson y sus aliados de dentro y fuera. La propia Santa Sede, bajo la actual administracion, se mostró siempre reticente en la reivindicación de monseñor Romero, y el papa Wojtyla prohibió que se lo considerara como un mártir. Al César lo que es del César.

Ahora, exactamente desde el 15 de marzo, o sea, trece años después de aquel crimen, cunde un simulacro de asombro en el mundo libre, occidental y malsano. Gracias al informe de la llamada Comisión de la Verdad de las Naciones Unidas (integrada por tres personalidades dignas de respeto: Belisario Betancur, Reinaldo Figueredo y Thomas Burguenthal, y avalada por el secretario general de la ONU, Butros Ghali) las cancillerías, los centros de poder, buena parte de los *mass media* y esperemos que también el Vaticano, se han enterado por fin de algo que, a través de los años, fue denunciado hasta la saciedad por las organizaciones no gubernamentales que se preocupan por los derechos (y los izquierdos) humanos: los militares salvadoreños fueron efectivamente los responsables del asesinato del arzobispo Romero, de la matanza de Ignacio Ellacurría y otros cinco jesuitas españoles, de la violación y muerte de cuatro monjas norteamericanas, del asesinato de cuatro periodistas holandeses, del genocidio de El Mozote (más de medio millar de víctimas, de las cuales el 85 por ciento eran niños) y de un programa de atrocidades, torturas y crímenes cometidos impunemente contra poblaciones campesinas.

Es importante que, pese a los desesperados intentos del presidente Alfredo Cristiani por evitarlo, el informe de la Comisión se haya hecho público, permitiendo que lo que era *vox populi* se convierta por fin en *vox Dei* (ONU = Dios). No obstante, si fuéramos rigurosos tendríamos que hablar de una "Comisión de la Verdad a Medias", ya que en el informe se detecta una grave omisión: al parecer, nada dice de la responsabilidad norteamericana en la mayor parte de esas atrocidades. Ya lo han denunciado los jesuitas, a través de su provincial en América Central, el español José María Tojeira, y también el teólogo de la liberación Jon Sobrino, quien ha dicho tajantemente: "El Gobierno de los Estados Unidos, que ahora revela los autores intelectuales de la matanza de los jesuitas, es el mismo que ha estado financiando al Ejército que los asesinó y entrenándolo con las técnicas del Vietnam".

El presidente Alfredo Cristiani, que, en el más leve de los supuestos, cumple sin rubor el papel de encubridor de los militares (como lo cumplió en su momento su antecesor Napoleón Duarte, a pesar de su aspecto de bueno de la película), reclama ahora una amnistía general y absoluta para los altos jefes castrenses, señalados por el informe como responsables de los crímenes. "Ha llegado la hora de perdonarnos mutuamente", ruega, como pidiendo perdón por no haber podido frenar la publicación del informe.

La súplica de Cristiani no ha sido bien recibida. Los jesuitas dicen que después quizá perdón, pero que ahora justicia. Los antiguos guerrilleros, por su parte, están dispuestos a cumplir la sanción que les toca, aun teniendo en cuenta que de las 22.000 denuncias de violaciones de derechos humanos estudiadas por la Comisión, apenas un 5 por ciento señalan a la guerrilla (uno de los sancionados es Joaquín Villalobos, que en 1975, debido a un error tardíamente reconocido, dispuso el asesinato del poeta y revolucionario Roque Dalton), pero de ningún modo avalarán esa amnistía general que incluso los beneficiaría.

La reacción del gobierno norteamericano ha sido exigirle a Cristiani que en un plazo máximo de una semana destituya a los 15 jefes militares responsables de los delitos más graves. Cristiani se puso repentinamente digno y respondió: "No nos someteremos a ningún ultimato". Vaya energía. Sólo le falta agitar una pancarta: "Yanquis sí, ultimato no". Seguramente, cuando se publique este artículo ya el lector estará enterado del conmovedor desenlace de este amable litigio.

Con respecto al fondo de la súplica presidencial, si hay una apuesta fácil es que los militares serán perdonados. Tarde o temprano, el cristianismo (no el de Cristo sino el de Cristiani) triunfará. Aquí, allá y acullá, los militares son siempre perdonados. Los propios Estados Unidos saben de esas clemencias. El teniente William Calley, máximo responsable de la matanza de My Lai, en Vietnam (16 de marzo de 1968), donde fueron violados, mutilados y destrozados más de un centenar de mujeres y niños, fue en principio condenado a cadena perpetua por una corte marcial, pero muy pronto la sentencia fue reducida a 20 años, luego a 10, y finalmente a 35 meses, de los que pasó 4 en prisión y 31 en arresto domiciliario. Nunca fue expulsado del Ejército, aunque posteriormente se retiró y hace años que trabaja en una joyería de su suegro en Columbus, Georgia. (Ver: "El teniente de hierro", *El País*, Madrid, 14-3-93). En cuanto a los otros oficiales que participaron junto a Calley en la vergüenza de My Lai no cumplieron ninguna pena ni fueron siquiera sancionados. En otra aberración de más reciente data, tampoco han sido sancionados los culpables, en la última etapa de la Guerra del Golfo, de haber enterrado vivos a miles de derrotados soldados iraquíes.

En América Latina los ejemplos abundan. En Chile, el general Augusto Pinochet, responsable de miles de asesinatos tras el golpe militar que acabó con el gobierno y la vida de Salvador Allende, ni siquiera fue procesado, y sigue, en pleno gobierno de Aylwin, al mando de las fuerzas armadas chilenas (y además, veraneando en Punta del Este); los militares argentinos, a pesar del Informe de la Comisión Nacional sobre la Desaparición de Personas (el llamado *Informe Sabato*) y del juicio que condenó a los principales responsables de 30 mil desapariciones y otros miles de asesinatos, gozan hoy de plena libertad, tras el indulto decretado por el presidente Menem. "Mata, que el rey perdona", dice el viejo refrán.

En Uruguay, la llamada Ley de Caducidad de la Pretensión Punitiva del Estado, conocida popularmente como Ley de Amnistía, indultó a todos los responsables de violaciones de derechos humanos. Tampoco llegaron a ser procesados, entre otras cosas porque el general Medina, ministro de Defensa, guardaba las citaciones en el cofre de su despacho, con el fin de que los oficiales citados por el juez no se vieran ante la cómoda alternativa de concurrir o no. Simplemente, no se daban por notificados.

En Brasil, donde la tortura y el crimen constituyeron casi una costumbre de los gobiernos dictatoriales, no ha habido procesamiento ni mucho menos condena de militares. Ahí no hubo amnistía sino simplemente amnesia.

Con excepción de los militares uruguayos, que suelen ser masones, los de otros países latinoamericanos son particularmente devotos. El general Videla, inspirador y ejecutor de horrores varios, cuando enfrentaba al jurado que final e inútilmente lo condenó, leía ostensiblemente textos sagrados y vidas de santos. Como bien dice otro viejo refrán: "Dios lo perdone, si halla por donde". El pobre Dios.

Es cierto que en el Proceso de Nüremberg (octubre de 1946) varios jefes militares fueron condenados y, caso insólito, cumplieron la condena, o se suicidaron en la víspera, como Goering. (Los procesados en España por el 23-F son un caso distinto: no fueron condenados por violación a los derechos humanos sino por intento de golpe de Estado.) Pero en el casi medio siglo posterior a Nüremberg, las atrocidades militares han gozado de una impunidad verdaderamente escalofriante, especialmente cuando fueron cometidas al amparo de lo que Ronald Reagan bautizó como *dictaduras amigas*. En 1993 los ejércitos son conscientes de que no deben inquietarse por el juicio del futuro: más allá de sus crímenes, condenados o absueltos, saben que la generosa amnistía siempre les aguarda, convencida de que todo lo hicieron por la patria. De modo que cada vez que matan o torturan, solo deberán susurrar, como quien va a descender del autobús o del metro: "Con perdón". Es cierto que, después de todo, no hay indulto para el desprecio, pero los Ponce, los Videla, los Pinochet, no se fijan en esos detalles.

(1993)

INDICE

Esta edición
se terminó de imprimir en los
talleres de Imprenta de los Buenos Ayres
Carlos Berg 3445, Buenos Aires
en el mes de setiembre de 1993.